中华古典文学选本丛书

诗经选

刘冬颖 选注

中华书局

图书在版编目(CIP)数据

诗经选/刘冬颖选注. —北京:中华书局,2023.3(2024.4重印)
(中华古典文学选本丛书)
ISBN 978-7-101-15937-0

Ⅰ.诗… Ⅱ.刘… Ⅲ.《诗经》-注释 Ⅳ.I222.2

中国版本图书馆 CIP 数据核字(2022)第 189270 号

书　　名	诗经选	
选　　注	刘冬颖	
丛 书 名	中华古典文学选本丛书	
责任编辑	郭睿康　刘　明	
责任印制	陈丽娜	
出版发行	中华书局	
	(北京市丰台区太平桥西里 38 号　100073)	
	http://www.zhbc.com.cn	
	E-mail:zhbc@zhbc.com.cn	
印　　刷	大厂回族自治县彩虹印刷有限公司	
版　　次	2023 年 3 月第 1 版	
	2024 年 4 月第 2 次印刷	
规　　格	开本/880×1230 毫米　1/32	
	印张 8¼　插页 2　字数 150 千字	
印　　数	5001-7000 册	
国际书号	ISBN 978-7-101-15937-0	
定　　价	28.00 元	

《诗经》：两千多年的学子课本（代前言）

　　《诗经》从产生之日起，就是贵族子弟的教材。周代的诗歌教育，主要是结合礼、乐教育进行的。当时的习礼、习舞、习乐等活动，常常与诗歌教育结合在一起。周代的学校，大概分国学和乡学两级。国学即天子之学，是当时的最高学府，以《诗》《书》、礼、乐为主要学习内容。其中"乐"，包括音乐、诗歌、舞蹈等内容。据《周礼》所载，大司乐向国子传授"乐德""乐语""乐舞"。其中"乐语"之教，包括"兴、道、讽、诵、言、语"，"讽"与"诵"主要讲的是诗歌教学，要求学生能背诵诗歌、创作诗歌。当时，朝廷和民间诗歌十分发达，应用范围也很广泛，祭祀、宴饮等场合都要歌《诗》。《诗经》和礼、乐结合在一起，逐渐成为社会伦理纲常的一部分。《礼记·经解》云："温柔敦厚，《诗》教也。"唐代的孔颖达在《礼记正义》中解释"温柔敦厚"说："温，谓颜色温润；柔，谓情性和柔。《诗》依违讽谏，不指切事情，故云'温柔敦厚'，是《诗》教也。"这是强调诗歌的社会作用，即运用"温柔敦厚"对社会进行礼义方面的规范。"温柔敦厚"作为儒家的《诗》学理论，对中国古代社会产生了巨大的影响，其文艺思想，也相应地以"发乎情，止乎礼"

为上。

在中国有确切文字可考的历史中，最早有意识地以《诗》为教材的人是孔子，他把《诗》作为教学内容之一。孔子在教导自己的儿子孔鲤时就曾说过："不学《诗》，无以言。"（《论语·季氏》）孟子继承并发展了孔子的"《诗》教"思想，提出"以意逆志"等诗学主张，对后世产生了很大的影响。"以意逆志"就是说在读诗时，读者要根据自己的切身体会，理解作品中作者所表达的思想感情。孟子的弟子咸丘蒙曾问孟子："《诗》云：'普天之下，莫非王土。率土之滨，莫非王臣。'而舜既为天子矣，敢问瞽瞍之非臣，如何？"孟子答道："是诗也，非是之谓也。劳于王事而不得养父母也。曰：'此莫非王事，我独贤劳也。'故说《诗》者，不以文害辞，不以辞害志。以意逆志，是为得之。"（《孟子·万章上》）孟子的意思是说，诗不能简单地理解为绝对真实的事件，《小雅·北山》"普天之下，莫非王土"的意思是说诗人为王事尽力，别人做得少，自己做得多，因而不得奉养父母，主旨不在于"普天之下"云云，不要因为这句话而影响了对于诗人情志（孝道）的认识（不以辞害志）。此后，"以意逆志"一直是我国诗学理论的重要原则。荀子继承孔、孟《诗》说，十分重视传统文化教育，把《诗》与《书》《礼》《乐》《春秋》作为主要的教学内容，发扬了儒家的"《诗》教"传统。荀子晚年曾在楚国兰陵传经，对《诗经》的流传做出了重要贡献。

秦朝统一天下后，秦始皇采取了"书同文""禁私学"和"以吏为师"等巩固统一的重大政策和措施。既禁私学，又不设官学，说明秦朝对学校教育的作用认识不足。再加上"有敢偶语《诗》《书》者弃市"（《史记·秦始皇本纪》）这样的文化专制政策，使得《诗经》的传播在秦朝受到了灾难性的打击，这是中华民族文化教育史上的一场历史性灾难。

在汉代，儒家思想占统治地位，尤其强调诗歌与政治教化的关系，诗歌被视为"经夫妇、成孝敬、厚人伦、美教化、移风俗"（《毛诗序》）的工具。董仲舒把孔子所说的"《诗》"奉为"经"，此后便称"《诗经》"。汉代人更是把它抬至"五经"之首，设立博士官。汉代学校分为官学和私学两种，其使用的教材有所不同。《诗经》既是官学的主要教材之一，也是私学的选学教材。

魏晋南北朝时期，虽然政权长期处于分裂状态，但在教育上同样以儒学为先。无论官学还是私学，在教学内容上仍以经学为主，《诗经》依旧是教育的主要内容之一。由于统治者对诗歌的爱好和提倡，所以《诗经》常作为学童阅读的初级教材。

隋、唐时期的中央官学，已实行分科教学，《周礼》《仪礼》《礼记》《毛诗》《春秋左氏传》是重点学习的五个科目。唐太宗极为重视文教事业，先后令颜师古撰《五经定本》、孔颖达编纂《五经正义》，作为教材颁行天下。因是唐代"九经"之一，所以《诗经》是唐人非常熟悉的经典。宋代科考的内容和侧重点不断变化，但经文始终是最重要的内容，《诗经》被确定为"十三经"之一。

　　明朝建立后,从京师到郡县直至农村地区,建立了遍布全国的学校教育体系,《诗经》普及程度为唐、宋所不及。在整个《诗经》学史上,以伦理道德说《诗》占据了主流。而明代的《诗经》研究,却最见性情。尽管当时的正统教育,仍把《诗经》作为寓有圣人伦理纲常教义的圣典,然而在更多的凡夫俗子眼里,它已变成了一部表达古人情怀的“性情”之作。

　　清朝的官学教育制度基本上沿袭了明制,学制基本相同,都分为地方和中央两类。中央主要是国子监,地方有府、州、县学和书院,此外义学、社学、私塾等伴随着民间的搜书、藏书和编书的风行也愈来愈昌盛,《诗经》仍然是重要教材之一。

　　可以说,《诗经》滋润了一代又一代人的心灵,又经过了历史上无数精彩心灵的熔铸而变得更加丰富、博大。

　　闻一多说《诗经》是我们中华民族第一本文化的教科书,而且最早的时候是唯一的。诚然,《诗经》时代的很多东西已经属于过去,隔膜与误会总是难免,然而,触摸《诗经》,性情的温度还在,情感的湿度还在。我们不能把《诗经》当作一个远古语言化石,它像在地下沉睡了几千年的古莲子一样,只要有适宜的阳光、温度和水,今天我们仍可以激活它,让它发芽、开花。无论“今夕何夕”,若你游走在《诗经》的层峦叠嶂间,总会发现文字背后似乎裹藏着熟悉又亲切的灵魂。《诗经》如一位素面朝天,却国色天香,被历史宠爱了几千年的美女,一句句诗温婉优雅地缓缓道来,那简洁明快、朗朗上口的韵致,让人觉得每一首诗都如珠如宝，值得去细细品味。在纷繁芜杂的现代社会里，读着它们，会让人心里有种甜甜的清凉。

刘冬颖

2013 年七夕于哈尔滨

目 录

周 南

关 雎 …………………………………… 1

葛 覃 …………………………………… 5

卷 耳 …………………………………… 8

螽 斯 …………………………………… 11

桃 夭 …………………………………… 13

兔 罝 …………………………………… 15

汉 广 …………………………………… 17

召 南

甘 棠 …………………………………… 20

摽有梅 …………………………………… 22

小 星 …………………………………… 24

江有汜 …………………………………… 26

野有死麇 ………………………………… 28

何彼襛矣 ………………………………… 30

邶　风

柏　舟 ⋯⋯⋯⋯⋯⋯⋯⋯⋯⋯⋯⋯ 32

燕　燕 ⋯⋯⋯⋯⋯⋯⋯⋯⋯⋯⋯⋯ 35

击　鼓 ⋯⋯⋯⋯⋯⋯⋯⋯⋯⋯⋯⋯ 38

凯　风 ⋯⋯⋯⋯⋯⋯⋯⋯⋯⋯⋯⋯ 41

式　微 ⋯⋯⋯⋯⋯⋯⋯⋯⋯⋯⋯⋯ 44

简　兮 ⋯⋯⋯⋯⋯⋯⋯⋯⋯⋯⋯⋯ 46

北　门 ⋯⋯⋯⋯⋯⋯⋯⋯⋯⋯⋯⋯ 49

静　女 ⋯⋯⋯⋯⋯⋯⋯⋯⋯⋯⋯⋯ 51

二子乘舟 ⋯⋯⋯⋯⋯⋯⋯⋯⋯⋯ 53

鄘　风

柏　舟 ⋯⋯⋯⋯⋯⋯⋯⋯⋯⋯⋯⋯ 55

桑　中 ⋯⋯⋯⋯⋯⋯⋯⋯⋯⋯⋯⋯ 57

鹑之奔奔 ⋯⋯⋯⋯⋯⋯⋯⋯⋯⋯ 59

定之方中 ⋯⋯⋯⋯⋯⋯⋯⋯⋯⋯ 61

蝃　蝀 ⋯⋯⋯⋯⋯⋯⋯⋯⋯⋯⋯⋯ 64

相　鼠 ⋯⋯⋯⋯⋯⋯⋯⋯⋯⋯⋯⋯ 66

载　驰 ⋯⋯⋯⋯⋯⋯⋯⋯⋯⋯⋯⋯ 68

卫　风

考　槃 ⋯⋯⋯⋯⋯⋯⋯⋯⋯⋯⋯⋯ 72

硕　人 ⋯⋯⋯⋯⋯⋯⋯⋯⋯⋯⋯⋯ 74

氓 ·· 78

竹　竿 ···································· 84

芄　兰 ···································· 86

伯　兮 ···································· 88

木　瓜 ···································· 91

王　风

黍　离 ···································· 93

君子于役 ······························ 95

中谷有蓷 ······························ 97

兔　爰 ···································· 99

葛　藟 ··································· 101

采　葛 ··································· 103

大　车 ··································· 105

郑　风

叔于田 ··································· 107

女曰鸡鸣 ······························ 109

有女同车 ······························ 112

山有扶苏 ······························ 114

狡　童 ··································· 116

褰　裳 ··································· 117

丰 ·· 119

子　衿 ················· 121

扬之水 ················· 123

出其东门 ················· 125

野有蔓草 ················· 127

溱　洧 ················· 129

齐　风

还 ················· 131

著 ················· 133

卢　令 ················· 135

魏　风

汾沮洳 ················· 136

园有桃 ················· 138

十亩之间 ················· 140

伐　檀 ················· 142

硕　鼠 ················· 145

唐　风

蟋　蟀 ················· 147

山有枢 ················· 149

绸　缪 ················· 151

羔　裘 ················· 153

葛　生 ················· 155

秦　风

车　邻 ················ 157

小　戎 ················ 159

蒹　葭 ················ 163

黄　鸟 ················ 166

无　衣 ················ 168

陈　风

宛　丘 ················ 170

衡　门 ················ 172

月　出 ················ 174

株　林 ················ 176

桧　风

隰有苌楚 ················ 178

匪　风 ················ 180

曹　风

蜉　蝣 ················ 182

豳　风

七　月 ················ 184

东　山 ················ 190

伐　柯 ················ 194

小　雅

　鹿　鸣 ················· 196

　采　薇 ················· 199

　鱼　丽 ················· 204

　南有嘉鱼 ··············· 206

　湛　露 ················· 208

　庭　燎 ················· 210

　鹤　鸣 ················· 212

　斯　干 ················· 214

　都人士 ················· 219

　苕之华 ················· 222

　何草不黄 ··············· 224

大　雅

　灵　台 ················· 226

　生　民 ················· 229

周　颂

　般 ··················· 235

鲁　颂

　闷　宫 ················· 237

商　颂

　玄　鸟 ················· 246

周　南

关　雎

关关雎鸠[1]，在河之洲[2]。窈窕淑女[3]，君子好逑[4]。

参差荇菜[5]，左右流之[6]。窈窕淑女，寤寐求之[7]。

求之不得，寤寐思服[8]。悠哉悠哉[9]，辗转反侧[10]。

参差荇菜，左右采之。窈窕淑女，琴瑟友之[11]。

参差荇菜，左右芼之[12]。窈窕淑女，钟鼓乐之[13]。

———

这是一首青年男女的恋歌。闻一多先生说："《关雎》，女子采荇于河滨，君子见而悦之。"（《风诗类钞》）所谓"君子"，是当时对贵族男子的称呼。这位君子爱上了那位采荇的女子，却又"求之不得"，只能将爱情与结婚的愿望寄托在自己的想象里。

打开《诗经》，我们首先看到的是爱情。作为《诗经》305

篇的第一篇，在中国历史上，《关雎》一诗受到广泛的关注。过去多认为，"君子"是指周文王，"淑女"指的是太姒，诗的主题是歌颂"后妃之德"。这是因为《关雎》作为《诗经》之首，不如此不足以显示其"正始之道，王化之基"的重要地位。但孔子只说："《关雎》乐而不淫，哀而不伤。"却是说出了这首诗的主旨所在。《关雎》堪称中国男女的爱情宝典——诗中坠入情网不能自拔的男子，没有伤心欲绝，而是用音乐架构起一座美丽的爱的桥梁，他"琴瑟友之""钟鼓乐之"，用音乐来愉悦心爱的女子，希望和她缔结良缘。

正因为《关雎》所歌颂的，是一种感情克制、行为谨慎、以婚姻和谐为目标的爱情，所以儒家觉得这是很好的典范，可以作为青年男女修养德行的教材。

《诗经》对中国古代文学的影响，主要在赋、比、兴的运用与发展方面，前人说"兴"，又往往多举"关关雎鸠"为例。兴是"先言他物以引起所咏之词也"（朱熹《诗集传》），也就是说，兴就是诗人看见了一种景物，由此触动了他心中的思想感情而发出的歌唱。兴的特点是触景生情，其妙处正在于诗人情感与景物浑然一体的契合，也就是文学艺术领域所推崇的情景交融的艺术境界。

这便是以《关雎》为代表的《诗经》爱情诗的文学、文化和社会伦理价值之所在。

—

1　关关：拟声词，雌雄二雎鸠相互应和的鸣叫声。雎(jū)鸠(jiū)：一种水鸟，这种鸟雌雄相爱，一只先死，另一只便忧伤不食，憔悴而亡。

2　洲：水中陆地。

3　窈(yǎo)窕(tiǎo)：美丽文静的样子。淑女：贤良美丽的女子。

4　逑：配偶。好(hǎo)逑(qiú)：理想的配偶。

5　参差：长短不齐的样子。荇(xìng)菜：水生植物，圆叶细茎，根生水底，叶浮在水面，开金黄色小花，叶可供食用。

6　流：顺水势采摘。之：指荇菜。左右流之：时而向左、时而向右地摘荇菜。

7　寤(wù)：睡醒。寐(mèi)：睡着。寤寐：意思是日日夜夜。

8　思：语助词，无实义。服：思念，牵挂。思服：思念。

9　悠：思念深长的样子。哉：语气词。这句诗是说：想念她呀，想念她呀。

10　辗：古字作"展"，身体半转。转：身体转一周。反侧：即翻覆。辗转反侧：翻来覆去不能入眠。

11　琴、瑟：都是弦乐器，琴五或七弦，瑟二十五弦。友：此处有友爱、亲近之意。这句诗说：用弹奏琴瑟来亲近"淑女"。

12　芼（mào）：择取，挑选。

13　乐：形容词的使动用法，使……快乐。钟鼓乐之：用钟、鼓奏乐来使她快乐。

葛　覃

葛之覃兮[1]，施于中谷[2]，维叶萋萋[3]。
黄鸟于飞[4]，集于灌木[5]，其鸣喈喈[6]。
葛之覃兮，施于中谷，维叶莫莫[7]。
是刈是濩[8]，为𫄨为绤[9]，服之无斁[10]。
言告师氏[11]，言告言归[12]。薄污我私[13]，
薄浣我衣[14]。害浣害否[15]，归宁父母[16]。

　　这是一首描写女子准备回娘家探亲的诗，诗中采葛、制衣、洗浣、归宁等描写，反映了当时妇女生活的一个侧面。诗分三章，第一章全是兴。

　　诗篇的开头，以芬芳绽放的无数美丽植物，来铺垫出自己心里想要表达的情感。这就是《诗经》的表现手法之一"兴"。第二、三章是赋，朱熹说："赋者，敷陈其事而直言之者也。"是指叙事、写景、抒情的创作方法，它对楚辞、汉赋的影响很大。

　　历来对《葛覃》的女主角有很多猜测，有说是周文王的妻子太姒，也有说是某位周王的后妃，赞美这位女主角堪称所有后妃的典范，她在娘家的时候专心女功、勤俭节约，嫁了好人家之后不忘父母，还常惦记着回娘家尽孝。

　　但是，当我们细读《葛覃》原文，别说找不到周文王的任

何痕迹，就连所谓后妃也找不到丝毫佐证。全诗不过是在说一个女子看到葛藤蔓延、黄鸟鸣叫而思念父母，想回家看看而已。

　　无论这位女子是谁，诗中劳作的辛苦、对亲人深深的眷恋，全都是真情实感的自然流露。我们看《诗经》，要看的就是这真心真情。

1　葛：葛藤，一种多年生草本植物，纤维可以用来织布，俗称夏布；其藤蔓亦可制鞋（即葛屦），夏日穿用。覃（tán）：蔓延，延长。

2　施：蔓延。中谷：山谷中。

3　维：语助词，无义。萋萋：茂盛的样子。

4　黄鸟：一说黄鹂；一说黄雀。于：语气助词，没有实义。

5　集：聚集，群集。

6　喈（jiē）喈：拟声词，鸟儿鸣叫的声音。

7　莫莫：草木茂盛的样子。

8　刈（yì）：本义是小镰刀，引申为收割。濩（huò）："镬"的假借字，本义是煮食物的器皿，此指将葛放在水中煮。

9　绨（chī）：细葛纤维织成的布。绤（xì）：粗葛纤维织成的布。

10　斁（yì）：厌烦，厌弃。无斁：心里不厌弃。

11 言：语助词，无实义。师氏：类似管家奴隶，或指保姆。

12 归：本指出嫁，亦可指回娘家，这里指回娘家。

13 薄：语首助词。污：洗去污垢。私：贴身内衣。

14 浣：洗涤。衣：上曰衣，下曰裳，这里指外衣。

15 害：通"曷"，疑问词，什么。否：不。

16 归宁：古代已婚女子回娘家省亲叫归宁。

卷　耳

采采卷耳[1]，不盈顷筐[2]。嗟我怀人[3]，寘彼周行[4]。

陟彼崔嵬[5]，我马虺隤[6]。我姑酌彼金罍[7]，维以不永怀[8]。

陟彼高冈[9]，我马玄黄[10]。我姑酌彼兕觥[11]，维以不永伤[12]。

陟彼砠矣[13]，我马瘏矣[14]！我仆痡矣[15]，云何吁矣[16]。

　戴震说："《卷耳》，感念于君子行迈之忧劳而作也。"（《诗经补注》）诗以采卷耳的场景拉开帷幕，几乎让人误以为这是一首田园诗。可是，读了一句之后，气氛就变了。"采采卷耳，不盈顷筐"，是说卷耳菜很多，可那女子采了很长时间，却没能采满浅浅的一筐。

　为什么会如此呢？因为想念我的他！全身的力气都被遥远的他牵走了，那浅浅一筐卷耳菜也拎不动，随手放在了大路旁，用全身心来想象千里之外的他。从第二节开始，诗中的镜头就已经不再聚焦女子，而是她思恋的男子。这想象极具画面感——"陟彼崔嵬，我马虺隤"是想象丈夫爬上崎岖的山，马走得疲惫了；"陟彼高冈，我马玄黄"是她丈夫登上了高高的山冈，马病得毛都枯黄了。

骏马已疲，人呢？为了消解日益加深的思念之伤，男人在山顶上斟满金罍、兕觥，借酒浇愁。"这次第，怎一个愁字了得"！

——

1 采采：不断地采；另一说是茂盛的样子。卷耳：野菜名，又叫苍耳，一种蔓生植物。

2 盈：满。顷筐：浅而容易装满的竹筐。

3 嗟：感叹词。怀：怀想，想念。

4 寘(zhì)：同"置"，放置。周行(háng)：大道。

5 陟(zhì)：登上。崔嵬(wéi)：山势高大，崎岖不平。

6 虺(huī)隤(tuí)：因疲乏而生病。这句诗是说：我的马累病了。

7 姑：姑且。金罍(léi)：古代青铜制盛酒器，圆形或方型，小口，深腹，圈足，有盖，肩部有两环耳，腹下有一鼻，上饰有云雷花纹。

8 维：语助词，无实义。永怀：长久思念。

9 冈：山脊。

10 玄黄：指黑黄色，此指马因病而改变颜色。

11 兕(sì)觥(gōng)：犀牛角做成的酒杯，也有用青铜制成兽角形的。

12　永伤：长久思念。

13　砠（jū）：有土的石山，遇雨则泥泞不堪。

14　瘏（tú）：马疲劳而生病。

15　痡（pū）：指人生病而不能走路，这里指疲惫不堪。

16　云：语助词。何：多么。吁矣：忧伤。

螽　斯

螽斯羽[1]，诜诜兮[2]。宜尔子孙，振振兮[3]。
螽斯羽，薨薨兮[4]。宜尔子孙，绳绳兮[5]。
螽斯羽，揖揖兮[6]。宜尔子孙，蛰蛰兮[7]。

——　这首诗向来被解释为对人多子多孙的祝福。诗的主旨就是"宜尔子孙"！诗中有"诜诜""薨薨"等六组叠词，锤炼整齐，音韵铿锵。可以想象，如果在婚礼上演奏起来，参加婚礼的人会轰堂大笑的——小两口儿，加油啊，得赶紧生出蝗虫那么多的孩子，那才是福气哦。

诗人用蝗虫多子来比喻人的多子，表示对多子者的祝福。这是《诗经》中常用的一种艺术手法，"比者，以彼物比此物也"，也就是比喻。

在远古，人口比较稀少，因而生殖就成了社会的头等大事。那时候，许多具有多仔／籽特征的动、植物常被当作崇拜对象，如龟、蛙、鱼、葫芦、桃、瓜等等。由于螽斯这种昆虫繁殖力极强，民歌作者才将之编进唱词，再三祝颂"宜尔子孙"。古代婚庆祝辞中常有"螽斯衍庆"的词句，就是从这首诗中提炼出来的。

《螽斯》这首诗虽无优美的意象，也无打动人心的佳句，却传达了古人最热烈、最欢愉的情感。所有优雅又柔肠万千的爱情，最终都会走向《螽斯》用喧闹曲调祝福的婚姻。

1　螽（zhōng）斯：又名斯螽，一说为蝈蝈，一说为蝗虫。

2　诜（shēn）诜：螽斯群飞的声音，形容蝗虫群集、众多的样子。

3　振振：形容众多而兴旺的样子。

4　薨（hōng）薨：拟声词，描摹蝗虫成群起飞的齐鸣声。

5　绳绳：绵延不绝的样子。

6　揖揖：多而群集的样子。

7　蛰（zhé）蛰：安静的样子。

桃　夭

桃之夭夭[1]，灼灼其华[2]。之子于归[3]，宜其室家[4]。

桃之夭夭，有蕡其实[5]。之子于归，宜其家室。

桃之夭夭，其叶蓁蓁[6]。之子于归，宜其家人。

这是一首祝贺新娘的诗。诗人以"夭夭"的桃树兴起，联想到新娘的年轻貌美。"桃之夭夭"以丰富缤纷的象征意蕴开篇，扑面而来的娇艳桃花，一下子就把人的心灵占满了，给人以强烈的色彩感。"灼灼其华"，简直可以说是明艳到了极致。桃花纷纷绽开花蕊，此时新娘则紧张、羞涩得面颊绯红，人面与桃花两相映衬，美不可言。

诗中虽然没有对出嫁女子的容貌描绘一笔，但那新娘子充满青春活力的美却已经呈现在眼前了。

"之子于归"，点明了祝贺新娘的诗旨，祝福新娘婚后家庭美满、生子相夫，给丈夫及其家人带来和睦和幸福。诗歌反映了当时社会对新娘的要求和社会生活的片段。

婚姻自古以来就不只是"个人问题"，而是包含了许多社会因素。《桃夭》虽然凸显了女子如桃花般的明丽容颜，但重点强调的是"宜其室家""宜其家人"。

对"宜"字，自古以来争议颇多，有说是正适宜结婚的年龄，有说是适宜结婚的季节。其实这个"宜"字是泛指，是祝福新娘子结婚后会令夫家合家欢喜、家庭和睦，也祝福婚礼的一切都是适宜、美好、幸福的。送给新娘子"宜其室家"的祝福，就是送给她的最珍贵的嫁妆。

1　夭夭：娇嫩而茂盛的样子。

2　灼灼：鲜花艳丽盛开的样子。华：同"花"。

3　之子：指出嫁的姑娘，新娘。之：是。归：女子出嫁。古代认为女子的夫家，才是她真正意义上的家，是女子的归宿，所以把出嫁称为"归"。

4　宜：善，和睦。室：指夫妻所居。家：指一门之内。这句诗指新娘子善处室家和家人。

5　蕡（fén）：果实很多的样子。

6　蓁（zhēn）蓁：树叶茂盛的样子。

兔　罝

肃肃兔罝[1]，椓之丁丁[2]。赳赳武夫[3]，公侯
干城[4]。

肃肃兔罝，施于中逵[5]。赳赳武夫，公侯
好仇。

肃肃兔罝，施于中林[6]。赳赳武夫，公侯
腹心[7]。

《兔罝》一诗是赞美武士的诗。写狩猎，但并未直接描摹狩猎的场面，写的仅仅是狩猎的准备工作——布网。猎手们所布的"兔罝"，结扎得格外紧密，埋下的网桩，也敲打得十分牢固。

从诗中所咏看，狩猎战士围驱虎豹的关键场景还没有展开，就跳过了狩猎场景的描述，直接跳跃到对武士精神的赞美。令人血脉贲张的狩猎过程，我们可以由想象来补足，这就是艺术创作上的"留白"。

更巧妙的是，诗中用了描摹声音的一个叠词"丁丁"，来摹写敲击兔罝的音响。从路口到密林，四处交汇的网桩，令人感觉到这敲击声是那样结实、有力。而在这结实、有力的敲击声中，又同时展示着狩猎者振臂举锤的孔武身影。

　　"借代"是中国古代诗人常用的一种修辞手法,其发端即为《兔罝》。诗人借"干城",代保家卫国、智勇双全的武士;以"腹心",代忠贞爱国的臣子。

1　肃肃:严密的样子。兔:一说是兔子,一说为"菟"字,老虎。罝(jū):捕兽的网。

2　椓(zhuó):击打。丁丁:拟声词,敲击木桩的声音。

3　纠纠:雄壮威武的样子。武夫:武士,有勇力的人。

4　公侯:周代的爵位。周天子下面有公、侯、伯、子、男(子、男同等)四等爵位,这里是泛指。干城:本指起防御作用的盾牌、城郭,这里比喻保卫者。

5　施:设置。逵:四通八达的大路。

6　中林:林中,即密林深处。

7　腹心:比喻最可信赖而不可缺少之人。

汉　广

　　南有乔木[1]，不可休息[2]；汉有游女[3]，不可求思。汉之广矣，不可泳思；江之永矣[4]，不可方思[5]。

　　翘翘错薪[6]，言刈其楚[7]；之子于归[8]，言秣其马[9]。汉之广矣，不可泳思；江之永矣，不可方思。

　　翘翘错薪，言刈其蒌[10]；之子于归，言秣其驹[11]。汉之广矣，不可泳思；江之永矣，不可方思。

　　这是江、汉间一位男子爱慕女子，却不能如愿以偿的民间情歌。《诗经》中有很多首诗都写了那种可遇而不可求的情感，如《关雎》《汉广》《蒹葭》等。不同的是《关雎》热烈直白，《蒹葭》缥缈迷离，而《汉广》则悠长平和。

　　辽阔无垠的楚天楚地、惊涛拍岸的长江汉水、女子善游的地方风俗，构成了全诗独特的意境，给人以耳目一新之感。

　　诗篇从失望和无望写起，首章八句，四曰"不可"，把追求的无望表达得淋漓尽致，不可逆转。不见踪迹的游女与幻美的想象叠加在一起，有着几分飘忽之感。水面的浩瀚与涤荡的情思相交融,也有着几分迷漫的美。男子的浪漫与理性纠葛在一起,还让人生出几分无奈与感慨。

每章末尾的四句叠咏,将游女迷离恍惚的形象、江上浩渺迷茫的景色,以及诗人心中思慕痴迷的感情,都融于长歌浩叹之中。情难已,词必反复,但可贵的是,无论是飘忽、迷漫,还是无奈,都是"哀而不伤"的,透露着理性的平和。

1　乔木:高大的树木。

2　休:停留,休息。息:依《韩诗》当作"思",语助词,与下文"思"同。这句诗是说:(乔木高大)没有树荫,不能休息。

3　汉:汉水,长江支流之一。游女:汉水之神;或谓出游的女子。

4　江:即长江。永:长,这里指长江水流得很远。

5　方:桴,筏。此处活用作动词,意谓坐木筏渡江。

6　翘翘:本指鸟尾上的长羽,这里比喻杂草丛生;一说是高出他物的样子。错薪:丛杂的柴草。古代嫁娶必以燎炬为烛,所以《诗经》嫁娶多以折薪、刈楚为兴。

7　刈(yì):割。楚:灌木名,即牡荆。

8　归:嫁也。

9　秣(mò):喂马。

10　蒌(lóu):蒌蒿,也叫白蒿,一种生在水中的草,叶像艾,青白色,嫩时可食,老则为薪。

11　驹:案驹当作"骄"。《说文》:"马高六尺曰骄。"段注:"骄,而俗人多改作驹者,以驹与蒌、株、濡、诹为韵,骄则废韵。"这里指高大的马。

召 南

甘 棠

蔽芾甘棠[1]，勿翦勿伐，召伯所茇[2]。
蔽芾甘棠，勿翦勿败，召伯所憩。
蔽芾甘棠，勿翦勿拜[3]，召伯所说[4]。

———

　　这是一首纪念召伯的诗。无论是哪一位召伯，都是贤德的政治家，深受百姓爱戴。诗中首先告诫人们不要损伤甘棠树的一枝一叶，不要砍伐、不要毁坏、不要折枝，可谓爱之有加。继而再说明其中原因：这种爱源于对召公德政教化的衷心感激！笔意有波折，足见诗人措辞之妙！

　　全诗由睹物到思人，由思人到爱物，人、物交融为一。诗的三章语句重复，只变换了个别字，却可以看见一层深于一层的祷祝。在召南之地的人们心里，这甘棠树是召伯的灵魂所系，也许是他生前在这里休息过、他的车马在这里停留过。这株甘棠树是如此繁茂，看见了树，也就看见了人，爱树就是爱人！

———

1　蔽芾(fèi)：树木高大茂盛而浓荫覆蔽的样子。甘棠：即棠梨,亦称杜梨,为高大的落叶乔木,春华秋实,花色白,果实圆而小,味涩可食。

2　召（shào）伯:一说是周宣王的伯爵姬虎,封地为召。他曾率军为周王室北击猃狁,南平淮夷。此诗所记当是他平定淮夷之乱时,临时露宿于一甘棠树下,其走后,南人思念他而作;一说是周武王时期的召公奭,为周文王庶子,西周的开国元勋,周初受封于召地。茇（bá）:原义为草舍,此处用为动词,指露宿。

3　拜:"扒"的假借字,指弯（因弯枝犹如人拜）、折。

4　说:通"税",休憩,停留,住宿。

摽有梅

摽有梅[1]，其实七兮[2]！求我庶士[3]，迨其吉兮[4]！

摽有梅，其实三兮！求我庶士，迨其今兮[5]！

摽有梅，顷筐塈之[6]！求我庶士，迨其谓之[7]！

———

这是一位待嫁女子的诗。重章叠唱是《诗经》中普遍采用的手法，这与《诗经》是配乐的唱辞有关。《摽有梅》一诗在重章叠唱中，生动有力地表现了主人公急于出嫁的心理过程。

首章的"迨其吉兮"，还有从容相待的意思，要等待吉日良辰；次章"迨其今兮"，已见焦急之情，不如就今天吧；等到末章"迨其谓之"，可谓真情毕露，迫不及待了——只要哥哥你开口，干脆现在我就跟你走。

珍惜青春，渴望爱情，是中国诗歌的母题之一。《摽有梅》一诗，形成了中国诗歌中的一种经典抒情模式：以花木盛衰比喻青春流逝，由感慨青春易逝而期盼婚恋及时。

诗中的女孩子，毫不掩饰自己对爱情的渴求，主动追求男人。可是她的白马王子却迟迟不出现，不知姻缘如何？看了一半的故事,最容易让人心生惦念,正因为没有结局,这手拿梅子、大胆率真的女孩也更牵动人心,她主动求爱的可爱模样,也历经千载,历久弥新。

1　摽(biào):一说坠落;一说打落,敲落。有:语助词,无实义。

2　七:七成,指树上的梅子还剩下七成;一说非实数,古人以七到十表示多,三以下表示少。

3　庶士:众多未婚男子。

4　迨(dài):及,趁着。吉:好日子。

5　今:现在。

6　顷筐:斜口浅筐。墍(jì):一说拾取,一说抛出。

7　谓:说句话、开一开口,意即告诉。

小　星

嗟彼小星[1]，三五在东[2]。肃肃宵征[3]，夙夜在公[4]。寔命不同[5]！

嗟彼小星，维参与昴[6]。肃肃宵征，抱衾与裯[7]。寔命不犹[8]！

——

这首诗是一个位卑职微的小吏对自己日夜奔忙的命运发出的不平浩叹。生活在社会下层的小官吏，形同草芥，不会引人注目，多一个或少一个，绝不会对官僚机构的运转有丝毫影响。这样的小人物，是社会漩涡中真正的边缘人。可贵的是，《诗经》记录下了那个时代所有层面人群的心灵轨迹。

《小星》中处在边缘的小人物的呼号，是软弱无力又震撼人心的。软弱无力，是因为位卑职微而不会有人理睬、在意；震撼人心，是因为这种呼号表明了不向命运低头、希望自我尊严和价值得到承认和尊重的自觉意识。也正因如此，才会有一代又一代人与《小星》中的主人公精神共鸣。

讲究韵律，是诗歌的特色之一。此诗仅二章，每章五句，第一章"星""征"押韵，"东""公""同"押韵。第二章也是"星""征"押韵，"昴""裯""犹"押韵。每句都押韵，读起来便觉音调铿锵、和谐悦耳。实际上，句中和句首韵，《诗经》中比较少，后代诗歌创作中基本不见。

1　嘒（huì）：音义俱同"暳"，微小闪亮的样子。

2　三五：三颗五颗，表示清晨残星稀少。

3　肃肃：快步疾走的样子。宵：夜晚。征：行走，赶路。

4　夙夜：早晚，指大清早。公：官家的事情。

5　寔：指示代词，作"此"或"这"讲。

6　维：语气助词。参、昴（mǎo）：星宿名，二十八星宿中的二星，黎明前出现于天空的东方。

7　抱：古"抛"字，抛弃，这里是说被迫抛弃了温暖的被窝。衾（qīn）：被子。裯（chóu）：被单。抱衾与裯：即用床单裹起被子，指收拾好行李卷。

8　犹：同，一样。这句诗是说：这是命运和人家好命的不一样，不如别人。

江有汜

　　江有汜[1]，之子归[2]，不我以[3]！不我以，其
后也悔。

　　江有渚[4]，之子归，不我与[5]！不我与，其
后也处[6]。

　　江有沱[7]，之子归，不我过[8]！不我过，其
啸也歌[9]。

———

　　《江有汜》这首诗的歧义很多，有说是一个女子见到丈夫
另结新欢，泣血号哭而成的诗；有说是一名痴情男子，见到自
己心爱的姑娘出嫁，依然深情眷恋。

　　"《诗》无达诂"！《诗经》时代历史背景的隐去，倒使得我
们对诗句有了更多的想象空间。诗以江面景象，兴起怨望之
情，比喻变心人无情无义。随着一个美丽女孩远去的花轿，一
瞬之间，世界变了模样，心爱的她离自己而去，一切挽回的努
力都于事无补，苦涩、酸楚、感伤得让人气绝。

　　诗中的主人公由感念而至啸歌，形象而细致地表现了他
的强烈情感。诗写得有起伏，有变化，也因而感人至深。

———

　　1　江：长江。汜（sì）：由主流分出而复汇合的河水。

2　这句诗是说:这个女孩出嫁了。

3　以:与,相处,相好。不我以:倒装句,即不以我,意思是不用我、不需要我了。

4　渚(zhǔ):水中的小洲。

5　不我与:不与我,不要我了。

6　处:一说为安居;一说为忧愁。

7　沱(tuó):江水的支流。

8　过:至也。不我过:不到我这里来。

9　啸:号哭。其啸也歌:边哭边唱,指内心痛苦而发出的悲声。

野有死麕

野有死麕[1]，白茅[2]包之。有女怀春[3]，吉士诱之[4]。

林有朴樕[5]，野有死鹿。白茅纯束，有女如玉[6]。

舒而脱脱兮[7]！无感我帨兮[8]！无使尨也吠[9]！

———

对《野有死麕》的理解，古今文人各有自己的高见，有的说这诗是远古时代一对男女在野外相遇，一见钟情，并发生激情碰撞的描写；还有的说这是写一烈女抗暴，是有个男人要非礼她，她抵死不从。此诗的文字亦是历史上众多文人精研的，因为只有考证了文字的本义，才能明了那女子是偷情、抗暴，还是正常的谈恋爱。

这首诗虽短，却像一出电影蒙太奇，从追求、思慕，到接受、情热，全诗无多婉曲，如行云流水，一气呵成，用一个个细节，刻画了爱情绽放时的美丽：有少女怀春，英俊的猎人包着獐子肉、鹿肉去追求她。美人如玉，令猎人倾慕不已。他不断地追求，最终打动了少女的芳心。情到深处，两个人希望融化在一起，再重塑一个你、重捏一个我！但这女孩子还是有娇羞在的,最后那三句口语最是可爱:轻一点呦,别扯我衣服,不要惊动了狗狗啊。如此生动的情景,让人不禁莞尔。

1　野:郊外曰野。麕(jūn):野兽名,獐子。

2　白茅:一种多年生野草,叶细长而尖,形状似矛,故称"茅"。洁白柔软,古人用其包裹肉类用以祭祀。

3　怀春:思春,男女情欲萌动。

4　吉士:美男子。诱:引诱,挑逗。

5　朴樕(sù):丛生的小树。

6　纯束:捆扎,包裹。这里指将死鹿与砍下的柴分别用白茅捆好,作为聘礼。古代女子结婚时用柴,在《诗经》中屡见,如《汉广》。如玉:形容女子容貌美丽。

7　舒:一说舒缓;一说语词。脱脱:动作又轻又慢,即静悄悄的样子。

8　无:同"勿",不要。感:通假字,通"撼",触动。帨(shuì):佩巾,古代女子系在腋下,用来擦去不洁之物。出嫁时,母亲要给女子亲手系上一条崭新的佩巾,因此,"帨"是待嫁女子的象征,不让别人随便动它。意思是说见面时不要有无礼的动作。

9　尨(máng):多毛的狗;或以为杂毛狗。吠:狗叫。这句诗是女孩嘱咐"吉士",不要动手动脚,以免惹起狗叫,让别人知道。

何彼襛矣

何彼襛矣[1]，唐棣之华[2]！曷不肃雝[3]？王姬之车[4]。

何彼襛矣，华如桃李！平王之孙，齐侯之子[5]。

其钓维何？维丝伊缗[6]。齐侯之子，平王之孙。

这是一首描写贵族女子出嫁时车辆、服饰豪华奢丽的诗。诗以浓丽、灿烂的棠棣花起兴，铺陈新娘子出嫁车辆的气派与堂皇。"曷不肃雝，王姬之车"，俨然是路人旁观、交相赞叹称美的生动写照。车中的新娘也是光彩照人的。就在赞叹王姬的美貌和出嫁排场的同时，突然提到了怎么钓鱼。这似乎让人有些费解。鱼和结婚有什么关系呢？

《诗经》中凡是涉及"鱼"的作品，大部分都与婚恋有关，以鱼隐喻男女性爱，以网鱼比得妻，以网破喻失妻，以钓鱼言求欢，以丝质的钓鱼绳祝双方婚姻的牢固。《何彼襛矣》一诗极力铺写王姬出嫁时车马的奢华和结婚场面的气派，再以钓具为比，祝愿男女双方门当户对、婚姻美满。

1　襛(nóng)：花木繁盛的样子。这句诗是说：怎么那样的繁盛美丽啊？

2　唐棣(dì)：树木名，又作棠棣、常棣，开白花，果实形如李，可食。

3　曷(hé)：何。肃：庄严肃静。雝(yōng)：雍容安详。

4　王姬：周天子姬姓，故周王的女儿或孙女称王姬。

5　平王、齐侯：指谁无定说，或谓非实指，乃夸美之词。

6　维、伊：均语助词，为、是之义。缗(mín)：多条丝组合拧成的丝绳，比喻男女合婚；一说是钓绳。其钓维何？维丝伊缗：是当时婚姻恋爱的隐语。《诗经》中提到"钓鱼""吃鱼"，往往象征婚恋。这句诗是说：祝福男女双方门当户对、婚姻美满。一说是指用适当的方法求婚。

邶 风

柏 舟

泛彼柏舟[1]，亦泛其流[2]。耿耿不寐[3]，如有隐忧。微我无酒[4]，以敖以游[5]。

我心匪鉴[6]，不可以茹[7]。亦有兄弟，不可以据[8]。薄言往愬[9]，逢彼之怒。

我心匪石，不可转也[10]。我心匪席[11]，不可卷也。威仪棣棣[12]，不可选也[13]。

忧心悄悄[14]，愠于群小[15]。觏闵既多[16]，受侮不少。静言思之，寤辟有摽[17]。

日居月诸[18]，胡迭而微[19]？心之忧矣，如匪浣衣[20]。静言思之，不能奋飞[21]。

———
这是一首抒发恶劣环境下遭受迫害的悲愤诗。既实写了诗人的行踪，描绘了泛舟水上的情景，也隐喻了泛舟水上、身不由己的处境。

行于浊世，就如同泛舸中流。诗中的行舟人虽然有万般思绪，却只能随波逐流，无法实现自己的理想。他因为这些忧愁夜不能眠，辗转反侧，就想借酒消愁，可是酒也不能给他解

脱。这或许就是他夜晚泛舟的原因吧？"我心匪鉴，不可以
茹"，诗人说自己的心不像镜子一样，可以什么东西都丝毫不
差的接受进来。自己的内心有一些东西是无法容纳的，正是
这些无法容纳的事物，让诗人的心里充满了不快和郁闷。

诗人因为刚正不阿，被小人所陷害，怀着满腔幽愤，无可
告语，因而用这委婉的诗句来表达。这与屈原赋《离骚》所抒
发的苦闷之情何其相似啊！所以古人有云：一部《离骚》尽在
《柏舟》。

1 泛：在水面上漂浮。柏舟：用柏木制成的小船。

2 亦：语助词，无实义。流：水流的中间。

3 耿耿：形容心中焦虑不安的样子。寐：睡着。

4 微：非，不是。

5 二"以"字，都是语助词。敖：同"遨"，出游。

6 匪：非。鉴：镜子。

7 茹：容纳，包容。

8 据：依靠。

9 薄：语助词，这里含有勉强的意思。愬：同"诉"。告诉，
诉说。

10 转：转动，转移。这句诗是说：不能任人转动。

11 席：席子。

12　威仪:庄严的容貌举止。棣棣:雍容娴雅的样子。

13　朱熹《诗集传》:"选,简择也。"这句是说:没有可以被人挑剔、指责的地方。

14　悄悄:心里忧愁的样子。

15　愠(yùn):怨恨。这句诗是说:我遭到众小人的怨恨。

16　覯(gòu):通"遘",遭遇,遭受。闵(mǐn):忧患,忧伤。

17　寤:睡醒。辟(pì):捶胸。摽(biào):用手捶心。这句诗是说:醒来痛心得不停地拍打胸脯。

18　居、诸:语助词。这句诗是说:太阳啊,月亮啊!

19　迭:更替。微:晦暗无光,昏暗不明。这句诗是说:为什么总是轮流更替着昏暗不明呢?

20　浣:洗涤。

21　奋飞:展翅高飞。

燕　燕

燕燕于飞[1]，差池其羽[2]。之子于归，远送于野。瞻望弗及，泣涕如雨。

燕燕于飞，颉之颃之[3]。之子于归，远于将之[4]。瞻望弗及，伫立以泣[5]。

燕燕于飞，下上其音[6]。之子于归，远送于南[7]。瞻望弗及，实劳我心。

仲氏任只[8]，其心塞渊[9]。终温且惠[10]，淑慎其身[11]。先君之思[12]，以勖寡人[13]。

《燕燕》是一首送别诗，清初的王士禛将其推举为"万古送别之祖"。但送行的人和被送的人到底是谁，历史上却众说纷纭。

其实，我们可以抛掉这些纷争，只从送别的心意上去贴近这首诗——古人喜用重言，两个字叠用，更多一重喜爱。"燕燕"，是燕子双飞的意思。诗以"燕燕"起兴，洋溢出浓郁的亲昵味道。然而，本是风月不关情，却是处处有情寄。翩跹起飞的燕子，传达的却是难以承载的离别苦痛。看那燕子上下双飞、参差舒展翅膀，一会儿贴地飞，一会儿高飞到空中，一会儿又叽叽喳喳地唱和，一派好春光啊！可就在这好春光中，我却要和你告别。在顾影自怜中,诗人心中的伤感,自然而然地产生了,"实劳我心"！然而,诗的末章从现实的送别场面一转,想起昔日两相伴的她,为人是那么可靠,心地是那么厚道,她温柔、谨慎,处事是那么周到。全诗抒情深婉而语意沉痛,写人传神而敬意顿生,把送别情境和惜别气氛,写得令人不忍卒读。

1　燕燕:指燕子。于:语助词。

2　差池:义同"参差"。

3　颉(xié):鸟向上飞。颃(háng):鸟向下飞。这句诗是说:燕子飞上又飞下。

4　将(jiāng):送。此句是倒装句,远于将之,即"将之于远",意思是送她到远方去。

5　伫:久立等待。

6　下上其音:言鸟声或上或下。

7　南:指卫国的南边;一说野外。

8　仲氏:兄弟或姐妹中排行第二者。古人多用伯、仲、叔、季为兄弟姊妹的行次。任:可以信托的意思。只:语助词。

9　塞:诚实。渊:深厚。塞渊:诚实而沉稳。

10　终:既。惠:慈善,随和。这句诗是说:她的性情既温柔可亲,又贤惠和蔼。

11　淑:善良。慎:谨慎。这句诗是说:她的言行善良又谨慎。

12　先君:已故的国君,指作者的父亲。

13　勖(xù):勉励。寡人:先秦时人对自己的谦称,秦以后专指国君。

击　鼓

击鼓其镗[1]，踊跃用兵[2]。土国城漕[3]，我独南行。

从孙子仲[4]，平陈与宋[5]。不我以归[6]，忧心有忡[7]。

爰居爰处[8]？爰丧其马[9]？于以求之[10]？于林之下。

死生契阔[11]，与子成说[12]。执子之手，与子偕老。

于嗟阔兮[13]，不我活兮。于嗟洵兮[14]，不我信兮[15]。

────　《诗经》描写了社会生活的各个方面。西周、春秋的历史，《诗经》多有记述，这记述比史书生动，也比史书更心灵化。这是卫国戍卒思归不得的诗。

关于诗的时代背景，《毛诗序》《郑笺》和三家《诗》，都认为是春秋鲁隐公四年夏，卫公子州吁联合宋、陈、蔡三国共同伐郑的事。王先谦根据《唐书·宰相世系表》的记载，考证出孙子仲即公孙文仲，与州吁同时。

诗中记录了一个普通士兵的爱情誓言："执子之手，与子偕老。"现在很多人引用《诗经》中的这句话,当作是男女相爱相守的温馨誓言。殊不知,《诗经》言情,写得最惨烈的就是这首《击鼓》。相恋之人亲密无间的平凡相许,被战争无情摧毁,让这个无名士兵悲叹道:"于嗟阔兮,不我活兮。""于嗟洵兮,不我信兮。"——因战争百般创痍,让我们的誓言如风如烟。

尽管这士兵的爱人,可能没有听见他在金戈铁马中的温柔低语,但两千多年间,无数个"她"都听到了。这个男子以他的心灵之美、对战争的无言控诉,深深打动了人们的心弦。"执子之手,与子偕老",这是《诗经》中最有重量的情话,是用满腔心血和悲欢人生涂就的厚重苍凉,一字一锤,击中所有的心。

1　镗（tāng）:拟声词,击鼓声。

2　踊跃:双声连绵词,形容情绪激昂,争先恐后。兵:武器。用兵:拿起武器。

3　土:兴建土木。国:指卫国都城。城:名词活用作动词,修城。漕:卫国的一个城市。

4　从:跟随。孙子仲:卫国将领公孙文仲,字子仲,当时担任南征的将领。

5　平:平定两国纠纷,谓救陈以调和陈、宋关系。陈、宋:春秋时诸侯国名。

6 不我以归：是"不以我归"的倒装，意思是有家不让回。

7 有：语助词。忡：忧虑不安的样子。

8 爰（yuán）：与"于何""于以"同义，意为在哪里。居：住。
处：歇下来。这句诗是说：我们住在哪、歇在哪呢？

9 丧：读去声，丢失，丧失，此处言跑失。爰丧其马：我的马丢
在哪里？

10 于以：即"于何"，在哪里。

11 契：合。阔：离。契阔：聚散、离合的意思。

12 成说：订约，指从军者与他心爱的女人临别时所盟立的誓
言——"执子之手，与子偕老"。

13 于嗟：感叹词。阔：离散，指离家远戍。

14 洵：久远。这句诗是说：哎呦，如今远离久别了。

15 信：守信，守约。这句诗是说：让我不能信守与你盟立的
"与子偕老"的誓言。

凯　风

凯风自南[1]，吹彼棘心[2]。棘心夭夭[3]，母氏
劬劳[4]。

凯风自南，吹彼棘薪[5]。母氏圣善[6]，我无
令人[7]。

爰有寒泉[8]？在浚之下[9]。有子七人，母氏
劳苦。

睍睆黄鸟[10]，载好其音[11]。有子七人，莫
慰母心。

—— 这是一首儿子歌颂母爱并自责的诗篇。作者运用了《诗
经》中常见的比兴和重章叠唱手法，使母亲辛劳养育子女的
感人形象深入人心。

凯风是滋养万物的南风，用来比喻母亲。"凯风自南"诗
句的重复，着重强调母爱就像南方吹来的和暖春风，把酸枣的
嫩枝条吹成粗壮的枝条，象征着母亲把子女由幼年抚养到壮
年、长大成人。

诗中一再重复的"有子七人"一句，意在突显以养育子女
之众多来表现母亲的长年辛劳程度，令人读后印象深刻、心灵
震撼，更加感悟应该如何做人。

"母氏劳苦""莫慰母心"这两句诗,一方面强调母亲抚养儿子的辛劳,另一方面极言兄弟不成材,反躬以自责。诗以平直的语言,传达出孝子婉曲的心意。

1 凯风自南:南风和暖,以养万物,万物喜乐,因故曰凯风。

2 棘:落叶灌木,即酸枣,枝上多刺,开黄绿色小花,实小,味酸。棘心:指酸枣树初发的嫩芽,其色赤。棘树小而多刺,多丛生,此喻兄弟多而不成器。这句诗是以催发万物的凯风比喻母亲,以棘来比喻孩子。

3 夭夭:树木嫩壮貌,形容长得生机勃勃的样子。

4 劬(qú):辛苦。劬劳:操劳。

5 棘薪:长到可以当柴烧的酸枣树,喻儿子已长大成人。此处也有以棘薪暗喻儿子没有成大器的意思。

6 圣善:明理而有美德。

7 令:善。我无令人:在此处是反躬自责的话,意思是儿女中没有人成材。

8 爰(yuán):句首语助词,无实义。寒泉:水名,在河南濮阳东南的浚城。古代常以水比喻女性,此当是以寒泉比喻母氏。

9 浚:卫国城邑名。此当以寒泉浸润浚城的土地,比喻母亲对儿子的爱护与养育。

10　睍（xiàn）睆（huàn）：拟声词，清和宛转的鸟鸣声。黄鸟：黄雀。

11　载：语助词，无实义。好其音：即其音好，它的叫声好听。

式　微

式微式微[1]，胡不归？微君之故[2]，胡为乎
中露[3]？

式微式微，胡不归？微君之躬[4]，胡为乎
泥中[5]？

——

《式微》一诗的二章，都以"式微式微，胡不归"发问——
天黑了，天黑了，为什么还不回家？诗人紧接着便交待了原
因："微君之故，胡为乎中露"；"微君之躬，胡为乎泥中"。意
思是说，为了君主的事情，才不得不终年累月、昼夜不辍地在
露水和泥浆中奔波劳作。

此诗二章，全用设问。所谓设问，是指心中早有定见，
话中故意提出问题。这种艺术的设问，强化了语言的表达效
果，使诗篇显得宛转而有情致，同时也更引人注意、启人以思。
"胡不归"，并不是心有所疑而问，而是胸中早有定见。

诗人遭受统治者的压迫，有家不能回，苦不堪言。现在
的我们来看，身为小人物而敢于发牢骚，并且牢骚之辞竟可录
入书中，成为经典，来教育后代，包括统治者和被统治者。这
是一个很值得玩味的现象，这也正是《诗经》的社会功能之
一——"《诗》可以怨！"

1　式 : 句首语助词, 无实义。微 : (光线) 幽暗, 黄昏或曰天黑。

2　微 : 非, 要不是。君 : 君主。微君 : 要不是君主。

3　胡 : 何。胡为乎 : 为什么。中露 : 露中, 即在露中。倒文以协韵。

4　躬 : 身体。这句诗是说 : 要不是为了供养主子。

5　泥中 : 满是泥水的路上。

简　兮

简兮简兮[1]，方将万舞[2]。日之方中，在前上处[3]。

硕人俣俣[4]，公庭万舞。有力如虎，执辔如组[5]。

左手执籥[6]，右手秉翟[7]。赫如渥赭[8]，公言锡爵[9]。

山有榛[10]，隰有苓[11]。云谁之思？西方美人。彼美人兮，西方之人兮。

这是一首赞美舞蹈家(舞师)的诗。《诗经》中的诗篇，因其产生的历史背景已经消失在了时间的烟尘中，所以很多诗句，虽然浓烈地言情，但我们并不清楚言情者是谁，对谁而言，甚至连男女都不知道。这首《简兮》是少有的能清楚地了解发言者的诗。这勇于表白的是一个女人，一个类似于粉丝的女人。全诗四章，第一章写宫廷举行大型舞蹈，交待了舞名、跳舞的时间和地点，以及领舞者的位置；第二章写领舞的男性舞师武舞时的雄壮勇猛，突出他高大魁梧的身躯和威武健美的舞姿；第三章写他跳文舞时的雍容优雅、风度翩翩；第四章倾诉了这个女子对舞师的倾慕。

　　全诗的艺术魅力,来自于这女人以旁观者身份的描述,舞师的多才多艺,使得这位女子赞美有加,心生爱慕的她以赞赏的目光欣赏男性舞师的英姿,发出了由衷的赞叹,似有高山流水遇知音的感慨。

1　简:拟声词,鼓声。舞前击鼓,以引导人们进入氛围;舞时击鼓,则作为节奏。

2　方将:正要,正在。万舞:舞名,商周时代一种用于祭祀宗庙的大规模的舞蹈,分文舞与武舞两部分。

3　在前上处:指舞师在舞蹈者的前列领队。

4　硕:身材高大的样子。俣(yǔ)俣:魁伟健美。

5　辔(pèi):马缰绳。组:丝织的宽带子。

6　籥(yuè):古代管乐器,似为排箫的前身。

7　秉:持。翟(dí):野鸡的长尾羽毛。翟羽:古代乐舞所执雉羽。

8　赫:红色,这里是显耀、鲜明之意。渥(wò):厚。赭(zhě):赤褐色石。

9　公:指卫公。锡:通“赐”,赐与。爵:青铜制酒器,用以温酒和盛酒。

10　榛(zhēn):落叶灌木,花黄褐色,果实叫榛子,果皮坚硬,果肉可食。

11　隰(xí)：低洼而潮湿之地。苓(líng)：药草名。一说甘草，一说苍耳，一说地黄。

北　门

出自北门，忧心殷殷[1]。终窭且贫[2]，莫知我艰。已焉哉[3]！天实为之，谓之何哉！

王事适我[4]，政事一埤益我[5]。我入自外，室人交遍谪我[6]。已焉哉！天实为之，谓之何哉！

王事敦我[7]，政事一埤遗我[8]。我入自外，室人交遍摧我[9]。已焉哉！天实为之，谓之何哉！

《诗经》时代的城市，东门是繁华所在；北门，则是无趣的寥落所在。"出其北门"本身，就意味着走的是城市中最边缘又最落寞的道路。

本诗描写一个公务繁忙的小官吏，内外交困，事务繁重，还遭受家人的责难，表现出无可奈何的哀伤和忧虑，只好归之于天命。《诗经》体现了"饥者歌其食，劳者歌其事"的现实主义精神。《北门》一诗中所有的话语，都是在走出北门这一行程中产生的联想，仿佛让我们看到一个瑟缩人物正在眼前走过。

1　殷殷：忧思深沉的样子。
2　终：既。窭(jù)：房屋简陋狭窄，引申为贫寒、艰窘。

3　已焉哉：等于说"罢了"，既然这样。

4　王事：周天子的差事。适：通"擿"，扔，掷。适我，即扔给我。

5　政事：公家的事。一：都，全部。埤（pí）益：增加。

6　遍：都。讁：谴责，责难，督责。

7　敦：逼迫。

8　遗：增加，留给。埤遗：犹"埤益"。

9　摧：讽刺，挖苦。

静　女

　　静女其姝[1]，俟我于城隅[2]。爱而不见[3]，搔首踟蹰[4]。

　　静女其娈[5]，贻我彤管[6]。彤管有炜[7]，说怿女美[8]。

　　自牧归荑[9]，洵美且异。匪女之为美，美人之贻。

———

　　这是一首男女约会的诗。作者应是一位男子，一位情深意长又情趣颇丰的男子。在他心里，自己爱的女人既温柔娴静又姝丽无比。一个女子，当爱情之花在她心中盛开时，即使没有任何背景的陪衬，她就已经很美丽了。而静女的背后，陪衬着一段古老的城墙，她"俟我于城隅"。厚重的城墙在一个女孩子身后延伸，好似一幅韵味深远的油画。画面虽简单，可能发生的故事却是无限的——她和心上人约好在城墙角落见面了！

　　"静女"的美，吸引了从古至今的许多学者，他们滔滔不绝、喋喋不休，其中不乏对静女的种种猜疑，说她是"淫女"。其实，这些争论我们都不必去管，我们只要欣赏诗中的唯美爱情就好。"匪女之为美，美人之贻"，可爱的静女送给男主人公一束她从郊外采摘的荑草，并不是荑草本身有多珍异，因为它是心上人的赠与，所以才格外美丽！

1　静女：犹"淑女"，贞静娴雅之女。姝（shū）：漂亮。

2　俟：等待，此处指约好地方等待。城隅：城角隐蔽处。

3　爱：通"薆"，隐蔽。

4　搔首：挠头。踟（chí）蹰（chú）：徘徊不定。

5　娈：面目姣好。

6　贻：赠送。彤管：说法不一，一说是赤管的笔；一说是一种像笛的乐器；一说是红色的管状植物。

7　有炜（wěi）：形容红润美丽。"有"为形容词的词头。

8　说：通"悦"，喜爱。怿（yì）：喜悦。女：同"汝"，指彤管。

9　牧：野外。归：通"馈"，赠送。荑（tí）：柔嫩的白茅芽。古代有赠白茅表示爱意、婚姻的民俗。

二子乘舟

二子乘舟[1]，泛泛其景[2]。愿言思子[3]，中心养养[4]！

二子乘舟，泛泛其逝。愿言思子，不瑕有害[5]！

历来解此诗的人，都将其与春秋卫国的那段混乱、动荡的历史联系起来，说乘舟的两个年轻人，正是满心仁义道德、秉性良善的两位卫国公子——卫宣公的儿子。他们的命运可堪忧怜啊！船行到水中间，两人都会被杀害！

以史学角度说《诗经》，是两千多年《诗经》研究史上的一个重要研究方法。现代人去古久远，读诗，倒可将历史隐去，只看诗中所言的情。那情感，能穿越三千年，拨动你的心弦——这首诗描写了发生在河边一次动情送别，两位年轻人终于拜别亲友登船，刹那间只见一叶孤舟在浩淼的河上飘飘远去。同时融入了送行者久立河岸、骋目远望的悠长思情。

不只是泛舟，人生的旅途上，也是充满了浪波与风险。远去的人，能不能顺利渡过那令人惊骇的波峰浪谷，而不被意外的风险吞没，正是伫立河岸的送行人，所深深为之担忧的。

1　二子：两个儿子。传统说法指卫宣公的两个异母子伋和寿。

2　泛泛：船飘荡的样子。景：通"影"。这句诗是说：漂向远方看不见。

3　愿：思念的样子。

4　中心：心中。养养：烦躁不安。

5　瑕：通"遐"，远行。害（hé）：何不。这句诗是说：不乘船远去有什么不可？

鄘 风

柏 舟

泛彼柏舟，在彼中河。髧彼两髦[1]，实维我仪[2]。之死矢靡它[3]！母也天只[4]，不谅人只[5]！

泛彼柏舟，在彼河侧。髧彼两髦，实维我特[6]。之死矢靡慝[7]！母也天只，不谅人只！

这是一首表现少女要求婚姻自由、抗拒家庭包办的诗。一只柏木小舟拉开了本诗的序幕，"泛彼柏舟"，一只小小的船漂荡在河中央，一下子引起了读者的强烈好奇和担心：在水面上行舟，视野比较开阔，但是同时也会感觉到无奈，因为目光所及很远，而实际能活动的空间却很有限；在水面不平静的时候，行舟人还可能会失去对这叶小舟的掌控而丧命。这使得柏舟在苍茫天地间，显得更加渺小了。

被诗人一再叨念、系在心头的，就是反复出现的"髧彼两髦"的男人形象。这是一个不到二十岁的少年郎，头发梳着两髻，尚未加冠。两人的爱没有得到父母的许可。"实维我仪""实维我特"，是说这男子实在是自己心仪、青睐的对象。后面接着是三句强烈的呼喊：娘亲啊，老天啊！怎不体察我的心？我到死也只爱他一个！

　　开篇所写水中央风雨飘摇的柏舟，正代言了这世人所不理解的爱情。

1　髧（dàn）：头发下垂的样子。髦（máo）：齐眉的头发。两髦：古时未成年男子的发式，头发在左右两鬓各结一辫。

2　实：是。维：为。仪：匹，配偶。

3　之：到。矢：誓。靡：无。矢靡它：指绝无别的企求。

4　也、只：语助词，无实义。

5　谅：理解，体谅。

6　特：匹配。本义为公牛，后泛指雄性动物，这里指男性配偶。

7　慝（tè）："忒"的假借字。《说文》："忒，更也。"这里指变心。

桑　中

爰采唐矣[1]？沫之乡矣[2]。云谁之思[3]？美孟姜矣[4]。期我乎桑中[5]，要我乎上宫[6]，送我乎淇之上矣[7]。

爰采麦矣？沫之北矣。云谁之思？美孟弋矣。期我乎桑中，要我乎上宫，送我乎淇之上矣。

爰采葑矣[8]？沫之东矣。云谁之思？美孟庸矣。期我乎桑中，要我乎上宫，送我乎淇之上矣。

——　这是一首描写男女欢会的情歌。男子接到了女子约会的信息，他一路得意地边唱边走，自问自答，欢欣快乐之情溢于言表。

在《诗经》所列全部木本和草本植物中，以出现篇数论，桑居第一位。采桑养蚕是女性主要的生产活动，《桑中》必是和美女有关的诗。

《鄘风》所记是卫国的事，淇水岸边，春意阑珊，野外的桑林沐浴在金色的阳光里，年轻的采桑女玉手纤纤，身姿婀娜，引发了一个又一个浪漫缠绵的爱情故事。在《诗经》时代，桑林已成为男女欢爱的嘉年华会了。《桑中》的艺术特色之一，是采用有问有答的"设问"表现手法："爰采唐矣？沫之乡矣。云谁之思？美孟姜矣。"这样的明知故问，比直接的叙述显得更加宛转而有情致，令读者的印象更加深刻。

1　爰：于何，在哪里。唐：植物名，一名菟丝子。寄生蔓草，秋初开小花，子实入药，古诗中常用以比喻女性。

2　沫（mèi）：卫国都城朝歌，商代称妹邦、牧野，在今河南淇县北。乡：指郊内之地。

3　云：语助词。谁之思：即"思之谁"，思念的是谁。

4　孟：老大。孟姜：姜家的大姑娘。姜、弋、庸：皆古代的姓氏。

5　期：约会。桑中：地名；一说桑林中，为男女会聚之地。

6　要（yāo）：邀约。上宫：一说是城楼；一说是沫邑附近的一个地名。

7　淇：淇水。

8　葑（fēng）：蔓菁。

鹑之奔奔

鹑之奔奔[1]，鹊之彊彊[2]。人之无良[3]，我以为兄。

鹊之彊彊，鹑之奔奔。人之无良，我以为君。

这是一首讽刺、责骂卫国君主行为的诗。短短的八句诗，因为比兴手法的运用，对比鲜明，情感浓烈——禽鸟尚有家庭观念，重视亲情，可诗中的"无良"之人，反不如禽兽，自己还错把他当作君子一样的兄长。

《鹑之奔奔》一诗，将"无良"之人与禽兽对待家庭、亲情的态度，构成了一种强劲的反比之势，加强了诗歌的批判力量。诗中并没有直接对男性主人公的形象进行任何客观描写，却能使其形象非常鲜明而且突出，令人不寒而栗却又厌恶透顶。

诗歌上下两章前两句只是位置发生了改变，却能给人造成一种回环与交错的感觉。每章后两句，虽然只有一字之差，却避免了反复咏唱时容易引起的单调的感觉。这种重章叠句是《诗经》音乐性的重要体现，这首《鹑之奔奔》应该是一首激愤的歌辞吧。

1　鹑（chún）：鹌鹑。奔奔：飞翔的样子。

2　鹊：乌鹊。鹊性善噪，旧有南人闻其噪则喜，北人闻其噪则悲之说。彊彊：与"奔奔"相似。

3　良：善良，即品行好。

定之方中

定之方中[1]，作于楚宫[2]。揆之以日[3]，作于楚室。树之榛栗[4]，椅桐梓漆[5]，爰伐琴瑟[6]。

升彼虚矣[7]，以望楚矣[8]。望楚与堂[9]，景山与京[10]。降观于桑[11]。卜云其吉[12]，终焉允臧[13]。

灵雨既零[14]，命彼倌人[15]。星言夙驾[16]，说于桑田[17]。匪直也人[18]，秉心塞渊[19]。騋牝三千[20]。

本诗记录了春秋时期的卫国因为内乱被少数民族狄人灭国后，坎坷艰难，又在楚丘翻开了新的一页。受命于危难之间，担当卫国都城重建任务的，就是卫文公。诗以纪实的手法，叙述了卫文公兴邦建国、勤于政事、励精图治的贤君形象。

"定"是星宿名，每年夏历十月十五至十一月初的黄昏能用肉眼辨识，在节气上是"小雪"之时。就在此时，卫文公率领卫国臣民开始了重建都城的伟大事业。这正是农闲季节，可见卫文公是个遵循天道、体察民情的君主。

建设城市的同时，又种上榛、栗、椅、桐、梓、漆等多种树木，说将来树木长大，可以砍伐做琴瑟！琴和瑟都是礼乐的象征。十年树木，百年树人，立国之初就考虑到了将来能礼乐倡明，可见卫文公是深谋远虑的。

卫文公亲自登高望远,勘察楚丘地形,还走到田地中考察采桑养蚕的情况……展现在我们面前的是一个不辞劳苦、用心周全、力图复兴的明主风范。

1　定:定星,又叫营室星,二十八宿之一。方中:正中。每年的小雪时(夏历的十月或十一月),定星在黄昏时出现于天空的正南方向,宜于古人定方位、造宫室。

2　作:建造。于:有版本作"为",作为之意。楚:楚丘,地名,在今河南滑县东、濮阳西。宫:宫室,此处指宗庙。古代礼制,先建宗庙,再建宫室。

3　揆:测度。日:日影。这句诗是说:用日影来测定方位。

4　树:种植。榛栗:落叶乔木。

5　椅、桐、梓、漆:皆树木名,都是做琴瑟的好材料。

6　爰(yuán):乃,于是。伐琴瑟:指砍木制造琴瑟等乐器。

7　升:登。虚:古"墟"字,一说是卫国被狄人毁坏的故城;一说是大的丘陵。

8　望:远望,眺望。楚:楚丘。这句诗是说:来遥望楚丘的地势。

9　堂:卫国城邑名,在楚丘附近;或以为即博州唐邑;或以为唐山。

10　景山:远山,大山。京:高丘。这句诗是说:观察大山和高丘。

11　降:从高处下来。观:此处当是考察桑林立社之事。桑:
桑田。

12　卜:占卜,古代用龟甲、蓍草占卜。吉:吉祥。这句诗是
说:占卦说(在楚丘)营建宫室很吉祥。

13　臧:好,善。这句诗是说:占卦的结果确实很好。

14　灵:好,善。零:落雨。这句诗是说:已经下起了知时节
的好雨。

15　倌:驾车的小臣。

16　星:天晴星现。夙:早上。驾:驾车。这句诗是说:天晴
了就赶早来驾车。

17　说:通"税",停车歇息。

18　匪:犹"彼"。直:正直。这句诗是说:那是个正直的
人君。

19　秉心:用心、操心。塞渊:踏实深远。

20　騋(lái):七尺以上的马。牝(pìn):母马。三千:约数,表
示众多。这句诗是说:大马和母马繁殖到三千,意味着国力在
贤君的治理下渐渐强盛起来。

蝃　蝀

蝃蝀在东[1]，莫之敢指[2]。女子有行[3]，远父
母兄弟。

朝隮于西[4]，崇朝其雨[5]。女子有行，远兄
弟父母。

乃如之人也[6]，怀昏姻也[7]。大无信也[8]，不
知命也[9]。

古人一般认为，这是一首谴责不守婚姻之约而私奔的女
人的诗。

在现代人眼里，彩虹是美的象征，可入诗亦可入画。但
古人眼里，彩虹的出现却是一种诡异的天相，是不吉祥的。这
牵涉到古人的自然观：正常的天空是蓝色的，而虹则呈现出
七彩光环，这在古人看来是反常的，反常的东西是不吉的。古
人因为缺乏自然知识，以为虹的产生是由于阴阳不和，婚姻错
乱，因而将它视作淫邪之气。彩虹在东边出现，自然是一件令
人忌讳的事，所以大家都"莫之敢指"。

"女子有行，远父母兄弟。"联系前面的起兴，诗人无疑是
将淫邪的美人虹，象征这个出嫁的女子。诗的讽刺之意，也就
在不言中显露了出来！

1　蝃(dì)蝀(dōng)：彩虹的别称。虹出现在东，说明是日将落时分，在古代虹是不祥之兆；也有说是爱情与婚姻的象征。在东：彩虹出在东方。

2　莫之敢指：没有人敢指它。

3　有行：古代女子出嫁前，要进行婚前教育，教其为妇之道。懂得了为妇之道，方可以出嫁。

4　陈(jī)：升起。这句诗意思是说：早晨虹在西方出现。

5　崇朝：终朝，整个早晨，指从日出到吃早餐的时候。这句诗是说：整个早晨下着雨。

6　乃如之人：像这样的人。

7　怀：古与"坏"通，败坏，破坏；一说是怀想意。昏姻：即"婚姻"。

8　大：太。信：贞信，贞节。

9　命：父母之命；一说为天命。

相　鼠

相鼠有皮[1]，人而无仪[2]。人而无仪，不死何为[3]！

相鼠有齿，人而无止[4]。人而无止，不死何俟[5]！

相鼠有体[6]，人而无礼[7]。人而无礼，胡不遄死[8]！

———　　这是一首指斥卫国统治者苟且偷安、暗昧无耻的诗。诗以"相鼠"起兴，老鼠偷粮食还毁坏房屋、传播疾病，无疑是一种极为令人厌恶的动物，然而在世上，还存在着一群比老鼠更为可憎的生灵。《相鼠》一诗用老鼠来说明讲礼仪的重要，把最丑的动物同要庄严对待的礼仪相提并论，强烈的反差造成了使人震惊的艺术效果。而且还有一层特殊的幽默色彩，仿佛是告诉人们：你们看，你们看，连鼠辈这么丑陋的东西看上去都像模像样，有胳膊有腿，有鼻子有眼睛，皮毛俱全啊！瞧它！咱可是人！还不如老鼠吗？

于是，老鼠就成了一面镜子，让不讲道德、不守礼仪的人从老鼠身上照见自己。

1　相：观察，察看。

2　仪：威仪，指人的举止作风大方正派而言，具有庄严的行为外表。

3　何为：为何，为什么。这句诗是说：不去死干什么呢？

4　止：行止，指遵守礼法的行为。

5　俟：等待。

6　体：肢体，头与四肢为五体。体，古音与"礼"同。

7　礼：礼仪，指知礼仪；或指有教养。

8　胡：何，为何，为什么，怎么。遄（chuán）：速，快，赶快。这句诗是说：为什么不快点死呢？

载　驰

载驰载驱[1]，归唁卫侯[2]。驱马悠悠[3]，言至于漕[4]。大夫跋涉[5]，我心则忧。

既不我嘉[6]，不能旋反。视而不臧[7]，我思不远[8]。既不我嘉，不能旋济[9]。视尔不臧，我思不閟[10]。

陟彼阿丘，言采其蝱[11]。女子善怀[12]，亦各有行[13]。许人尤之[14]，众稚且狂[15]。

我行其野，芃芃其麦[16]。控于大邦[17]，谁因谁极[18]？大夫君子，无我有尤。百尔所思，不如我所之[19]。

《诗经》305 篇，多数诗篇作者都是无名氏。而《载驰》这篇表达强烈爱国情怀的诗篇，其作者证据确凿的是春秋时期的许穆夫人。

许穆夫人是春秋时期的卫国公主，嫁给许穆公后，她常常思念自己的家乡。她的哥哥卫国君主卫懿公，是历史上著名的昏君，留下了"玩物丧志"和"爱鹤失众"两个成语，因为昏庸无能，导致卫国内乱不断，日渐衰败。公元前 660 年，卫国被北方的少数民族狄族攻陷了都城，卫懿公被杀，卫国陷入了亡国的危机中。据《左传》记载，许穆夫人正是此时创作了《载驰》一诗。

作为一首政治抒情诗，《载驰》写得动人心魄，不仅在于诗篇所抒发的真挚的爱国情感，而且也得力于许穆夫人那高超的艺术表现技巧。

诗人选取了自己祖国卫国亡国、自己兄弟卫君惨死、归国吊唁这一重要题材，巧妙地将自己安排在驱马返回祖国的途中。人在旅途中，是容易沉淀下去进行思考的，因为你已经从日常生活的种种牵绊中走了出来，还未走进另一种牵绊中去。

许穆夫人正是在旅途中，对自己、对祖国的现状和遭遇进行了深入的思考，通过与许国大夫冲突的情景描述，来展开自己强烈的感情抒发。许国大夫无理阻挠的矛盾冲突，虽然只出现在诗的一、二章中，但是其所激起的感情波澜，却汹涌澎湃于全诗。正像把一块巨石，投进了本来就不平静的河水。

许穆夫人胸中那无可言状的悲哀、愤懑和对祖国命运的关切之情，因此得到了淋漓尽致地表现。而女主人公的远见卓识、与祖国同呼吸共命运的爱国深情、不达目的决不罢休的刚强性格，正是在与许国君臣鼠目寸光、自私懦弱的对照之中，愈加鲜明地凸现了出来。

————

1　载：语助词，且，乃。驰：车马奔跑得很快。驱：用鞭子赶马快跑。

2　唁(yàn)：向死者家属表示慰问,此处不仅是哀悼卫侯,还有凭吊国家危亡之意。卫侯：指作者之兄,已去世的卫戴公；或以为是指卫文公。

3　悠悠：形容道路遥远的样子。

4　漕：地名,卫国城邑,地在今河南滑县东。卫懿公的卫国被狄人灭后,宋桓公迎卫国的遗民在漕邑建都复国。

5　大夫：指赶来阻止许穆夫人去卫的许国的大臣们。跋涉：远道奔波而来(劝阻许穆夫人)。翻山曰"跋",涉水曰"涉"。

6　嘉：赞同,赞许。一说读"驾",指驾车归卫。

7　视：表示比较。臧：好,善。不臧：不善,不善之谋。

8　思：忧思。远：摆脱。

9　济：渡河。不能旋济：不能立刻渡河回去。

10　閟(bì)：同"闭",闭塞不通。

11　言：语助词。蝱(máng)：贝母草,多年生草本。采蝱治病,喻设法救国。

12　怀：多思虑。善怀：即多愁善感,这里指思念父母之邦。

13　行：指道理、准则；一说是妇道。亦各有行：指妇人的忧愁各不一样,许穆夫人所担忧的是国家大事,而不是一般女子所关心的爱情。

14　许:故地在今河南许昌。尤:责怪,埋怨。

15　众:众人。稚:幼稚。狂:狂妄。

16　芃(péng)芃:草茂盛的样子。

17　控:往告,赴告。

18　因:亲,依靠。极:至,指救援者到达。

19　之:往,指行动。这句诗是说:(你们所考虑的一百样方法)都不如我所选择的方法周全。

卫 风

考 槃

　　考槃在涧[1]，硕人之宽[2]。独寤寐言[3]，永矢
弗谖[4]。
　　考槃在阿[5]，硕人之薖[6]。独寤寐歌，永矢
弗过[7]。
　　考槃在陆[8]，硕人之轴[9]。独寤寐宿，永矢
弗告[10]。

　　《考槃》是一首隐逸诗，诗所歌颂的是一位气质高洁的隐
士。这位隐士生活在水湄山间，他的言辞行动，都显示出畅快
自由的精神风貌。诗中的隐士自得其乐，在自我的天地之中，
独自一人睡，独自一人醒，独一个人说话，早已是恍然忘世，凸
现出一个鲜明生动的隐者形象。
　　全诗每章一韵，是四言一句、四句一章的格式，整齐中寓
变化。诗歌抑扬有度，载着作者浓浓的赞美之情，充盈纸间，
今日仍不绝于耳。

　　1　考：扣，敲。槃（pán）：同"盘"，器物名。盖扣之以为节，

是隐者自乐其乐的表现。这句诗是说：在山涧里把盘子当作
乐器来敲打。

2　硕人：形象高大健美的人。古人以大为美。宽：宽宏朴拙，
悠闲自得。这句诗是说：高大健美的人温厚又淳朴。

3　寤：睡醒；寐：睡着。这句诗是说：独睡独醒独自语。

4　矢：同“誓”，发誓。谖（xuān）：忘却。这句诗是说：永誓
不忘这样的乐趣。

5　阿（ē）：山的转弯处。

6　薖（kē）：心胸宽大。

7　过：忘记。

8　陆：高平之地。

9　轴：徘徊往复，此处为自由自在的意思。

10　告：哀告，诉苦。

硕　人

硕人其颀[1]，衣锦绡衣[2]。齐侯之子[3]，卫侯之妻[4]，东宫之妹[5]，邢侯之姨[6]，谭公维私[7]。

手如柔荑[8]，肤如凝脂[9]，领如蝤蛴[10]，齿如瓠犀[11]，螓首蛾眉[12]，巧笑倩兮[13]，美目盼兮[14]。

硕人敖敖[15]，说于农郊[16]。四牡有骄[17]，朱幩镳镳[18]，翟茀以朝[19]。大夫夙退[20]，无使君劳。

河水洋洋[21]，北流活活[22]。施罛濊濊[23]，鳣鲔发发[24]，葭菼揭揭[25]，庶姜孽孽[26]，庶士有朅[27]。

这是一首卫国人赞美卫庄公新娘子庄姜的贺婚诗，我国古代许多文人都称此诗为"美人图"。全诗通篇运用了铺张手法，吟唱了"硕人"方方面面的美。

开篇的头一句即言"硕人其颀"，描绘了出嫁途中的新娘给人的第一印象，就是高大健美的身材。"齐侯之子，卫侯之妻。东宫之妹，邢侯之姨，谭公维私"这五句诗，罗列强调了新娘的身份——真是位名门闺秀！美人远看身材那么好，近观更美不可言：那纤纤的手指像茅草的嫩芽，肌肤柔滑得像凝结的油脂，脖颈白得像天牛的幼虫，牙齿洁白整齐如葫芦籽，额头方方正正，眉毛弯弯又长长。这描绘好似一幅工笔画,千载之下,犹如亲见其音容笑貌。

　　"巧笑倩兮,美目盼兮"一句最是传神生色,是《诗经》中的经典名句,是说庄姜笑靥如花,一双美目黑白分明。方玉润《诗经原始》即说:"千古颂美人者,无出此二语,绝唱也。"

1　硕人:高大健美的人。《诗经》时代以身材高大为美。顾(qí):修长的样子。

2　第一个"衣"为动词,穿。锦:有花纹的华美衣服。绚(jiǒng):用麻布制成的单罩衣。当时,女子出嫁时里面穿着华丽的丝绸衣服,外面披着麻布罩衣。

3　齐侯:指齐庄公。子:孩子。可以指儿子,也可以指女儿,这里指女儿。

4　卫侯:指卫庄公。

5　东宫:太子的居处,这里指齐太子得臣。这句诗是说:齐国太子的妹妹。表明新娘子与齐国太子是同母,是嫡妻所生,凸显身份尊贵。

6　邢:春秋国名,原在今河北邢台,后迁至今山东聊城。姨:这里指妻子的姐妹。

7　谭:春秋国名,为齐桓公所灭,在今山东历城东南。维:为,是。私:女子称其姊妹之夫为私。谭公维私:意谓谭公是庄姜的姐夫。

8　荑(tí)：白茅初生之芽，这里形容手的滑柔嫩白。

9　凝脂：凝结的脂膏，比喻皮肤洁白滑润。

10　领：颈。蝤(qíu)蛴(qí)：天牛的幼虫，色白身长。这句诗是说：新娘子的脖颈就像天牛的幼虫那样白嫩修长。

11　瓠(hù)犀(xī)：瓠瓜籽，色白，排列整齐。这句诗是说：新娘子的牙齿就像瓠瓜子那样洁白整齐。

12　螓(qín)：似蝉的小虫，额头宽广方正。螓首：形容前额丰满开阔。蛾眉：蚕蛾触角细长而曲，这里形容眉毛细长弯曲。

13　巧笑：轻巧地一笑。倩：笑时两腮出现的酒窝。

14　盼：眼睛黑白分明。

15　敖敖：修长高大的样子。

16　说：通“税”，停车。农郊：近郊。

17　牡：雄马。四牡：驾车的四匹雄马。有：语气字，无实义。骄：高大而强壮的样子。这句诗是说：驾车的雄马又高又壮。

18　朱幩(fén)：用红绸布缠饰的马嚼子。镳(biāo)镳：美盛的样子。

19　翟(dí)：野山鸡。茀(fú)：车篷。翟茀：以野山鸡羽毛装饰的车篷。

20　夙退：早早退朝。

21　河：在先秦古汉语中特指黄河。洋洋：水流浩荡的样子。

22 北流：指黄河在齐、卫间北流入海。活活：拟声词，水流声。

23 施：张，设。罛(gǔ)：大鱼网。濊(huò)濊：拟声词，撒网入水的声音。

24 鱣(zhān)：鳇鱼，一说赤鲤。鲔(wěi)：鲟鱼。发发(bō)：拟声词，鱼尾击水之声。

25 葭(jiā)：初生的芦苇。菼(tǎn)：初生的荻苇。揭揭：长而高的样子。

26 庶：众多。庶姜：指陪嫁的姜姓众女子。孽孽：衣饰华美的样子。

27 士：送嫁的众小伙子。有朅(qiè)：雄壮威武的样子。

氓

氓之蚩蚩[1]，抱布贸丝[2]。匪来贸丝，来即我谋[3]。送子涉淇，至于顿丘[4]。匪我愆期，子无良媒[5]。将子无怒[6]，秋以为期[7]。

乘彼垝垣[8]，以望复关[9]。不见复关，泣涕涟涟[10]。既见复关，载笑载言[11]。尔卜尔筮[12]，体无咎言[13]。以尔车来，以我贿迁[14]。

桑之未落，其叶沃若[15]。于嗟鸠兮[16]，无食桑葚！于嗟女兮，无与士耽[17]！士之耽兮，犹可说也[18]。女之耽兮，不可说也。

桑之落矣，其黄而陨[19]。自我徂尔[20]，三岁食贫[21]。淇水汤汤[22]，渐车帷裳[23]。女也不爽[24]，士贰其行[25]。士也罔极[26]，二三其德[27]。

三岁为妇，靡室劳矣[28]；夙兴夜寐[29]，靡有朝矣[30]。言既遂矣[31]，至于暴矣[32]。兄弟不知，咥其笑矣[33]。静言思之[34]，躬自悼矣[35]。

及尔偕老[36]，老使我怨[37]。淇则有岸，隰则有泮[38]。总角之宴[39]，言笑晏晏[40]。信誓旦旦[41]，不思其反[42]。反是不思[43]，亦已焉哉[44]！

这是一首弃妇的诗。诗中生动地叙述了和氓恋爱、结婚、受虐、被弃的过程，表达了作者悔恨的心情和决绝的态度。

诗是从这女人的回忆开始的："当初那男人用他的布来换我的丝，其实是借故来向我示爱。"这爱情的发生虽然没有细节描绘，但"匪来贸丝，来即我谋"八个字中，却藏了无数曲折故事，有心跳、有脸红、有眼波如流、有肌肤的轻轻触碰。从婚事"秋以为期"来看，两人爱情的发生应是在春天的采桑季。

诗中第三节，为全篇的转折点，通过女主人公的议论和抒情，来表达她的感情已由开始的喜悦得意，跌落到了失意绝望的深谷。"桑之未落，其叶沃若"，诗人用桑叶的鲜嫩和繁茂来比喻女子的年轻美丽和男女激情相爱的甜蜜。"于嗟鸠兮，无食桑葚"，女孩子们，千万别像贪吃的斑鸠，吃多了桑葚醉倒。男人们的情话可要打折扣啊，多多提防！记得当年俩人初相见，"言笑晏晏"，说说笑笑真开心。海誓山盟还在耳畔，谁料转眼翻脸变冤家。想到这里，她终于做出了大胆的抉择："反是不思，亦已焉哉。"决定从感情的旋涡中勇敢地走出来，再也不想从前的事了。

这诗讲的是个老套的"痴情女子负心汉"的故事，但讲的艺术水准极高，没有重复《诗经》其他诗篇叠唱的形式，而是把一个一波三折的故事，用诗的语言优美精练地叙述出来。

1 氓(méng)：本义为外来的百姓，这里是男子之代称。蚩
(chī)蚩：憨厚、老实的样子。

2 布：货币；一说布匹。贸：交易。抱布贸丝，是以物易物。

3 即：就，靠近，这里有找的意思。谋：商量。"匪来"二句，
是说那人并非真来买丝，是找我商量结婚。

4 淇：水名，今河南淇河。顿丘：地名，今河南清丰。这句诗
是说：送你渡过了淇水，一直送到了顿丘。

5 愆(qiān)：过，误，拖延期限。这句诗是说：并非我要拖延
约定的婚期而不肯嫁，是因为你没有找到好媒人。

6 将(qiāng)：愿，请。

7 秋以为期：即"以秋为期"，秋天就是我们的婚期。

8 乘：登上。垝：通"危"，当训"高"。垣(yuán)：城墙。

9 复关：一说是卫国的一个地名；一说是女望男到期来会，他
来时一定要经过的关门。

10 泣：无声的哭。涕：泪。涟涟：泪流不断的样子。

11 载：语助词。载笑载言：(因为高兴而)又说又笑。

12 尔：你。卜：烧灼龟甲的裂纹以判吉凶，叫做"卜"。筮
(shì)：用蓍(shī)草占卦叫做"筮"。

13 体：指龟兆和卦兆，即卜筮的结果。咎(jiù)言：灾祸。无
咎言：就是无凶卦。

14 贿：财物，指妆奁(lián)。这句是说：(只要卜筮的结果好)

你就把我的嫁妆拉过去吧。

15　沃若：犹"沃然"，像水浸润过一样有光泽，这是以桑叶的茂盛比自己恋爱满足、生活美好的时期。

16　于：通"吁"。于嗟：感叹词，本义为表示惊怪、感慨等，此处表感慨。鸠：斑鸠，传说斑鸠吃桑葚过多会醉。

17　耽（dān）：沉溺，贪乐太甚。

18　说：通"脱"，解脱。

19　陨（yǔn）：陨落。黄：变黄。

20　徂（cú）：往。徂尔：嫁给你。

21　食贫：过贫穷的生活。

22　汤（shāng）汤：水势浩大的样子。

23　渐（jiān）：浸湿。帷（wéi）裳（cháng）：车旁的布幔。这句诗是说：女子被弃后再渡淇水而归，车旁的布幔被沾湿。

24　爽：差错。

25　贰：作动词用，指男子行为前后不一致，即不专一。

26　罔：无。极：标准。罔极：没有准则，行为不端，反复无常。

27　二三其德：言行前后不一致，三心二意。

28　靡：无。室：家中之事。劳：劳动。这句诗是说：所有的家庭劳作一身担负。

29　夙：早。兴：起。这句诗是说：女子嫁到夫家后早起晚睡。

30　靡有朝矣:不仅一天是这样,天天如此。

31　言:语助词,无实义。既:已经。遂:顺心,满足。此句指目的已经达到。

32　暴:粗暴。这句诗是说:对我粗暴不仁。

33　咥(xì):耻笑。这句诗是说:兄弟还不晓得我遭遇的痛苦,见面时反而都嘲笑我啊。

34　静言思之:冷静地想一想。

35　躬:自己,自身。躬自悼矣:真为自己感到悲伤。

36　及尔偕老:当初曾相约和你一同过到老。

37　老使我怨:现在偕老之说徒然使我怨恨罢了。

38　隰(xí):水名,就是漯河,黄河的支流,流经卫国境内。泮(pàn):通"畔",水边,岸边。以上二句承上文,以水流必有畔岸,喻凡事都有边际。言外之意,如果和这样的男人偕老,那就苦海无边了。

39　总角:男女未成年时结发成两角,称总角。宴:快乐。

40　晏(yàn)晏:和悦的样子。这句诗是说:说说笑笑多么融洽和乐!

41　信誓:诚恳的誓言。旦旦:明明白白。

42　反:即"返"字。不思其反:不要妄想从前的生活再回来。

43　反是不思:是重复上句的意思,变换句法为的是和下句叶韵。

44 已：停止。焉、哉：语气词。这句等于说撇开算了罢。乃无可奈何之语。

竹　竿

籊籊竹竿，以钓于淇[1]。岂不尔思[2]？远莫
致之[3]。

泉源在左[4]，淇水在右。女子有行，远兄
弟父母。

淇水在右，泉源在左。巧笑之瑳[5]，佩玉
之傩[6]。

淇水滺滺[7]，桧楫松舟[8]。驾言出游[9]，以写
我忧[10]。

这是一位卫国女子出嫁别国、思归不得的诗。诗虽短，却
层次丰富地写出了这位女子的纠结情肠。远嫁姑娘的回忆，
开启了诗歌的第一幕："籊籊竹竿，以钓于淇"——姑娘和伙
伴们一起到淇水钓鱼游玩，这是多么惬意的事。可惜眼下身
在异乡，再也不能回淇水去钓鱼了。想当年，离别父母、兄弟
远嫁的情形历历在目，泉水、淇水、父母、兄弟，逐渐远去。姑
娘的思乡之情，化作热切的想象，想象回乡时，"淇水在右，泉
源在左"。上下两句子位置颠倒一下，实际上是用复沓的手
法，表示重来旧地的意思。这时候，出嫁女已不再是姑娘家时
持竹竿钓鱼那样天真了，而是"巧笑之瑳，佩玉之傩"的成熟

优雅女子了。诗歌从回忆与推想两个角度,写一位远嫁的女子思乡怀亲的感情。这种感情虽然不是大悲大痛,却缠绵往复,深沉地蕴藉于心怀之间,像悠悠的淇水,不断地流过读者的心头。

1　籊(tì)籊:长而尖削的样子。钓:钓鱼。王安石说:"古诗人每以钓喻夫妇之相诱。"

2　岂:难道。尔思:即"思尔"之倒文,想念你。这句诗是说:难道我不想念你吗?

3　莫:不。致:到达。这句诗是说:路远无法回故乡。

4　泉源:卫国水名,流入淇水。地在今河南辉县。

5　瑳(cuō):玉色洁白,这里指牙齿洁白如玉。

6　傩(nuó):有节奏的样子。这句诗是说:身戴佩玉,走动起来有节奏。

7　溜(yōu)溜:即"悠悠",河水荡漾的样子。

8　桧、松:树名。楫:船桨。这句诗是说:桧木做的船桨,松木做的船。

9　驾:本义是驾车,这里指驾船。言:语助词,相当于"而"字。

10　写:通"泻",排解,宣泄,消除。

芄　兰

芄兰之支[1]，童子佩觿[2]。虽则佩觿，能不我知[3]？容兮遂兮[4]，垂带悸兮[5]。

芄兰之叶，童子佩韘[6]。虽则佩韘，能不我甲[7]？容兮遂兮，垂带悸兮。

　　这是一首讽刺贵族少年的诗。芄兰是多年蔓生草本植物，开有紫色斑点的白色花。诗用芄兰起兴，用芄兰的嫩枝叶，比喻刚行了成年冠礼的少年。他虽然行了成年冠礼，穿戴上了成年男子的服饰，但他的身材还是太单薄，外表上的庄重却掩饰不住内心幼稚，束着的腰带老是往下垂，"垂带悸兮"——颤动的垂带就透视了全部的本质，使得他看起来不伦不类。

　　《芄兰》一诗可以说是一幅简笔的人物素描，只寥寥几笔，即入木三分地刻画出了年轻人成长的尴尬瞬间。

1　芄（wán）兰：草本植物，即萝摩，有藤蔓生。支：同"枝"。

2　觿（xī）：像骨制的解结用具，形同锥，也可为装饰品，供成年男子使用和佩带。

3　能：宁，难道。知：认识。这句诗是说：难道你不认识我？

4　容：从容的样子。遂：安闲的样子。

5　悸：本指害怕颤抖，此指带子下垂的样子。垂带悸兮：低垂的衣带摆动的样子。

6　韘（shè）：用玉或骨制的钩弦用具，著于右手拇指，射箭时用于钩弦。

7　甲：通"狎"，亲昵。

伯　兮

伯兮朅兮[1]，邦之桀兮[2]。伯也执殳[3]，为王前驱[4]。

自伯之东，首如飞蓬[5]。岂无膏沐[6]？谁适为容[7]！

其雨其雨，杲杲出日[8]。愿言思伯，甘心首疾[9]。

焉得谖草[10]？言树之背[11]。愿言思伯，使我心痗[12]。

这是一篇女子思念远征丈夫的诗。从诗的第一章开始，她就毫无保留地夸耀自己的男人是多么杰出、多么受器重，是"邦之桀兮"（国家的英雄）；诗中流露着无限的骄傲和得意，使人仿佛看见她脸上焕发的神采，而感染到她的喜悦。"自伯之东，首如飞蓬。岂无膏沐，谁适为容"这四句诗，是言情的经典。女人的脸上总是清楚地写着爱情的来去，当她的丈夫出征以后，这位小妇人竟无心梳洗，以致"首如飞蓬"。诗中没有正面写这女子如何思念丈夫，而是白描出女子的容貌：她素面朝天如花儿凋谢。这四字把她那失去了生活重心、茶饭无心的怏怏情态形容了出来，虽简约，却情意深重。

　　紧跟着的两句:"岂无膏沐?谁适为容!"是心迹的表白,是以对自己女性美的破坏,来拒其他男人于千里之外。这古老的诗句,以其不加修饰素朴又真挚的情感,触动了一代代有情人心中的柔软。

1　伯:兄弟姐妹中年长者称伯,此处系指女子对丈夫的昵称。朅(qiè):英武高大的样子。

2　邦:国家。桀:同"杰",杰出的人才。

3　殳(shū):古代兵器,竹制,形如竿,以当时的尺度衡量,长一丈二尺。

4　前驱:冲杀在前面的官兵,即先锋。

5　之:动词,去,往。蓬:草名。蓬草一干分枝以数十计,枝上生稚枝,密排细叶,枝后往往在近根处折断,遇风就被卷起飞旋,所以叫"飞蓬"。这句诗是以飞蓬比头发散乱。

6　膏:膏脂,妇女的润发油。沐:洗发的发水。

7　适:悦。谁适为容:言修饰容貌为了取悦谁呢?

8　杲(gǎo)杲:明亮的样子。

9　愿:思念殷切的样子。疾:痛。甘心首疾:言虽头痛也是心甘情愿的。

10　谖(xuān)草:即萱草,又称忘忧草。

11　言:语助词。树:动词,种植。背:古文和"北"同字。这里"背"指北堂,或称后庭,就是后房的北阶下。以上二句是说:世上哪有谖草让我种在北堂呢? 也就是说:要想忘了心上的事是不可能的。

12　痗(mèi):忧思成病。心痗:忧思成病。

木　瓜

投我以木瓜[1]，报之以琼琚[2]。匪报也[3]，永以为好也！

投我以木桃[4]，报之以琼瑶。匪报也，永以为好也！

投我以木李[5]，报之以琼玖。匪报也，永以为好也！

这是一首男女相悦而互相赠答的定情诗。

《诗经》里提到了十几种水果，如桃子、李子、木瓜、梅子等，都在诗篇中散发着诱人的香味，代言着人与人之间的情谊。《木瓜》诗中的女子投出了木瓜，男人回报以美玉。诗中男女二人之间赠送的礼物，价值并不对等，这是为什么呢？《诗经》时代的恋爱风俗与今天的男追女不同，在男女集会舞蹈的人群中，女子如果有了心仪的男子就向他投果，而如果那个男子解下身上的玉佩赠送给她，就表示要和这女子永结同心。

物的贵贱并不重要，重要的是，双方都期盼着"永以为好"的爱。"匪报也"，也就不在乎回报的是否等价了。诗中的"投"字和"报"字，让人爱煞！这是爱的果实和欣喜的花，是相遇时知心的笑。手里接到木瓜的人,是无比幸福的。

1　投:赠送,给予。木瓜:一种蔷薇科落叶灌木,果实长椭圆形,色黄而香,蒸煮或蜜渍后供食用。按:今粤、桂、闽、台等地出产的木瓜,为番木瓜,供生食,是近百年间流传到中国大陆的植物品种,与此处的木瓜非一物。

2　琼琚(jū):美玉,下"琼瑶""琼玖"同。

3　匪:非,不是。

4　木桃:果名,即楂子,比木瓜小。

5　木李:果名,即榠楂,又名木梨。

王　风

黍　离

彼黍离离[1]，彼稷之苗[2]。行迈靡靡[3]，中心摇摇[4]。知我者，谓我心忧；不知我者，谓我何求。悠悠苍天[5]，此何人哉[6]！

彼黍离离，彼稷之穗。行迈靡靡，中心如醉。知我者，谓我心忧；不知我者，谓我何求。悠悠苍天，此何人哉！

彼黍离离，彼稷之实[7]。行迈靡靡，中心如噎[8]。知我者，谓我心忧；不知我者，谓我何求。悠悠苍天，此何人哉！

《黍离》一诗怀古伤今，历来被视为悲悼故国的代表作。但诗一开头却令人费解地描绘了一幅欣欣向荣的景象："彼黍离离，彼稷之苗"，形容庄稼一行行十分整齐，长势喜人。这景象一般人看了会欢喜无比，但诗人感受到的却是"行迈靡靡，中心摇摇"：因为内心的强烈冲击，他的腿软到迈不动脚步，越走越慢——昔日故国都城的繁盛荣华都已消失，只有一片郁茂的黍稷尽情地生长。愈是春意盎然，愈是见出作者心中之冷。曾经辉煌的王朝，已如美人迟暮；熙熙攘攘的人群，而今已如鸟兽散去，独有我踯躅在昨日光辉的遗迹上。

从"中心摇摇"，到"中心如醉""中心如噎"，诗人心中的忧愁和焦虑，随着时光的推移而不断加剧。天空一片苍茫，在这遥远而不可及的天空下，亡国之人的无依无靠、孤苦伶仃越发显现出来。"此何人哉"的一再重复，使孤独感在重复中越来越加重了。

《黍离》所展现的男性美，是深沉的思想之美，是为家国兴衰真诚流露的忧思之美。这个诗人，也是诗中的男主人公，堪称《诗经》中的屈原。

1　黍(shǔ)：一种农作物，即穈子，子实去皮后叫黄米，有黏性，可以酿酒、做糕等。离离：植物成行列的样子。

2　稷：谷子，脱壳为小米。

3　行迈：行走。迈：远行。靡靡：犹"迟迟"，步行缓慢的样子。

4　中心：即"心中"，内心。摇摇：心神不宁，忧伤无处诉说。

5　悠悠：犹"茫茫"，形容天之无际。

6　此何人哉：这是什么人造成的啊。

7　实：指谷子结的实，即谷粒。

8　噎(yē)：气逆不顺，喉头堵塞。

君子于役

君子于役[1]，不知其期，曷至哉[2]？鸡栖于埘[3]，日之夕矣，羊牛下来。君子于役，如之何勿思[4]！

君子于役，不日不月[5]，曷其有佸[6]？鸡栖于桀[7]，日之夕矣，羊牛下括[8]。君子于役，苟无饥渴[9]！

这是描写妇女思念久役于外丈夫的诗。

《诗经》写相思常常直言不讳，《君子于役》却不是，甚至通常的"兴"和"比"也都没有，只用"赋"笔，以不着色泽、极简极净的文字，就勾画出一幅经典的相思图——落日衔山，暮色苍茫，鸡栖敛翼，牛羊归舍。这诗中并没有写痛苦的思念，思念的痛苦被"鸡栖于埘，日之夕矣，羊牛下来"这种温馨的晚景巧妙地掩盖了，代之而来的则是那种设身处地的牵挂和担心。

这里没有浪漫的画面，没有动听的誓言，甚至，没有任何爱的表白，但这一切景致，都被强烈的爱意紧紧包裹了，"君子于役，如之何勿思"，从一个侧面写出了繁重的徭役给千百个家庭带来的痛苦。

一 1　君子：妻子对丈夫的敬称。役：服劳役。

2　曷（hé）：何时。至：归家。

3　塒（shí）：鸡舍。

4　如之何：就是"如何"、怎么（能）。

5　不日不月：没法用日月来计算时间，意思是服役期漫长。

6　佸（huó）：相会，指与丈夫团聚。

7　桀：同"榤"，（鸡栖的）小木桩。

8　括：聚集，此指牛羊放牧回来关在一起。

9　苟：表推测的语气词，大概，也许。

中谷有蓷

中谷有蓷[1]，暵其干矣[2]。有女仳离[3]，嘅其叹矣。嘅其叹矣，遇人之艰难矣！

中谷有蓷，暵其脩矣[4]。有女仳离，条其啸矣[5]。条其啸矣，遇人之不淑矣！

中谷有蓷，暵其湿矣[6]。有女仳离，啜其泣矣。啜其泣矣，何嗟及矣！

———

这是一首描写弃妇悲伤无告的诗。"遇人不淑"这一成语，就出自于这首诗中。"蓷"，是益母草。诗以可以入药的益母草起兴，意义在于：把有益于生儿育女的药草，与被离弃的妇女摆在一起，对比强烈，凸显出这女子命运的悲惨。遇人不淑的女主人公遭到丈夫抛弃后，"嘅其叹矣""条其啸矣""啜其泣矣"，塑造了一个在人前人后独自伤心、怨责、自悔不已的弃妇形象，同时也反衬出女主人公之所以现在痛之深，原因必在于当初爱之切。在夫权的体制下，妇人遭到薄情丈夫的抛弃却无力反抗，只有掩面叹息。

"遇人之艰难""何嗟及矣"的结论，既是对自己过去生活的小结，也是对今后生活的警诫。这正是她灵魂中清醒而坚强的一面，启迪着后来者思考。

1　中谷：同谷中，山谷之中。蓷（tuī）：益母草。

2　暵（hàn）：枯萎，这里指益母草枯萎。干：干枯。

3　仳（pǐ）离：分离，流离失所，这里指女子被夫家抛弃逐出，后世作离婚讲。

4　脩：本指肉干，这里指干枯。

5　条：失意的样子。啸：悲号。

6　湿：晒干。

兔　爱

　　有兔爰爰[1]，雉离于罗[2]。我生之初[3]，尚无为[4]；我生之后，逢此百罹[5]。尚寐无吪[6]！

　　有兔爰爰，雉离于罦[7]。我生之初，尚无造[8]；我生之后，逢此百忧。尚寐无觉[9]！

　　有兔爰爰，雉离于罿[10]。我生之初，尚无庸[11]；我生之后，逢此百凶。尚寐无聪[12]！

　　《兔爰》是一首伤时感事的诗。诗以自由的兔子与陷入罗网的山鸡作了鲜明的对比，通过这一形象而贴切的比喻，揭示出当时社会的黑暗。诗中再以"我生之初"与"我生之后"作对比，表现出对过去的怀恋和对现在的厌恶：在过去，没有徭役、没有劳役、没有兵役，我可以自由自在地生活；而现在，遇到各种灾凶，让人烦忧。

　　从这一对比中，可以体会出时代变迁中人民的深重苦难。这一句式，后来在传为东汉蔡文姬所作的著名长篇骚体诗《胡笳十八拍》中被沿用——"我生之初尚无为，我生之后汉祚衰"，这悲怆的诗句，就是脱胎于《兔爰》一诗。诗人发出沉重的哀叹：生活在这样的年代里，不如长睡不醒，愤慨之情溢于言表！

1 爰（yuán）:逍遥自在。

2 雉:野鸡。离:同"罹",陷,遭遇。罗:罗网。

3 生之初:指早年。

4 为:这里指徭役。无为:无事。

5 罹:忧患。

6 寐:睡着。无吪（é）:不说话;一说不动。这句诗是说:还是睡着了不要醒好。

7 罦（fú）:一种装设机关的网,能自动掩捕鸟兽,又叫覆车网。

8 造:指劳役。

9 觉:清醒。

10 罿（tóng）:一种捕鸟兽的网。

11 庸:指劳役。

12 聪:听觉。

葛　藟

　　绵绵葛藟[1]，在河之浒[2]。终远兄弟[3]，谓他人父。谓他人父，亦莫我顾[4]。

　　绵绵葛藟，在河之涘[5]。终远兄弟，谓他人母。谓他人母，亦莫我有[6]。

　　绵绵葛藟，在河之漘[7]。终远兄弟，谓他人昆[8]。谓他人昆，亦莫我闻[9]。

　　这是一首流亡他乡、求助无门的怨诗。

　　"葛藟"是蔓生的藤本植物，有缠绕、绵长的特点，《葛藟》诗中，正是利用这一点作为起兴的出发点，用葛藟蔓延不离本根，来对比自己与家乡远离、与亲人隔绝，更烘托出诗人思念亲人的心情。

　　诗从眼前的景物写起，诗人见到河边葛藤茂盛、绵绵不断，不禁触景伤情，联系到自己飘泊异乡的身世，感叹人不如物，身不由己，不能自主。

　　诗人直抒情事，语句简质，却很感人，表现了飘零的凄苦和世情的冷漠。这正是《诗经》在当时的社会功能——"《诗》可以怨"，统治者根据老百姓在诗歌中表达的心声，调整国家政策，促进社会的良性发展。

1　绵绵：连绵不绝的样子。葛：藤本植物，有块根，茎可采为纤维，茎和叶可作牧草。蔂(lěi)：藤，似葛，但比葛粗大。

2　浒：水边，岸边。

3　终：既已。远：远离。

4　莫我顾：即"莫顾我"，不肯照顾我。

5　涘(sì)：水边。

6　有：通"友"，亲善。这句诗是说：也不肯帮我。

7　漘(chún)：河岸，水边。

8　昆：兄。

9　闻：通"问"，问候，体恤。

采　葛

彼采葛兮[1]，一日不见，如三月兮。
彼采萧兮[2]，一日不见，如三秋兮[3]。
彼采艾兮[4]，一日不见，如三岁兮。

これ这是一首思念情人的诗。

"葛""萧""艾"都是有香味的蒿类植物，采摘这些有用又芬芳植物的女孩，就是那个小伙子热恋的人。相思如此噬骨，伊人在水一方。这感情如此强烈，却又如此清丽。没有你侬我侬的甜言蜜语，没有心比金石坚的山盟海誓，没有荡气回肠的复杂情节，有的只是几句"疯话""傻话"："一日不见，如三月兮""一日不见，如三秋兮""一日不见，如三岁兮"，爱意已表达得通透彻底。

因为彼此深爱，所以不能忍受片刻的分离，即便是分分秒秒，也如年年月月，只希望时时耳鬓厮磨。这诗表达的是一种急切的思念，急切到忘了写上心上人的名字，也忘了说自己是谁。因这"疏忽"，这急切、无名的思念，也就被历史上无数热恋中人深记于心，脱口而出，当作了自己的心声。

1　葛：一种蔓生植物，块根可食，茎可制纤维。

2　萧:植物名,即香蒿。萧有香气,古人常用于祭祀。

3　三秋:谷熟为秋,谷类多一年一熟,所以通常以一秋为一年,三秋则代指三年。

4　艾:多年生草本植物,即香艾,菊科植物,烧艾叶可以灸病。

大 车

大车槛槛[1]，毳衣如菼[2]。岂不尔思[3]？畏子不敢。

大车啍啍[4]，毳衣如璊[5]。岂不尔思？畏子不奔[6]。

縠则异室[7]，死则同穴[8]。谓予不信，有如皦日[9]！

这是一首女子热恋情人的诗。

一部中国文学史，情诗如雨后春笋般繁衍，佳作迭出，很多诗篇都能抵人心窝。但这些情诗，大多数都是婉约的，像杨柳那般柔顺纤细。《大车》一诗说"爱"，却刚烈决断，如春雷震震。

这首诗抒写了一对情人不能终成眷属，不得不离散，在分别送行的途中，女子表现的矢志不改的决心。这个纯情女子，对天发誓："縠则异室，死则同穴。"我们赞叹女子的大胆决绝、朴直坚贞。为了爱，她可以义无反顾，坚守有情人终成眷属的信念。为了爱，她可以抛弃女子的矜持娇羞，直诉自己的爱情理想。

诗以车写行，以衣写人，以女子的语言表现性格，那种勇敢和坚决令人敬佩。可遗憾的是,始终没有听到男子的回答,只有沉默,这才是悲剧的真正根源吧?

1　大车:古代贵族乘坐的车子。槛(kǎn)槛:车轮的响声。

2　毳(cuì):指兽类细毛,可织成布匹,制衣或缝制车上的帐篷。毳衣:指用细毛缝制的衣服或车上用以遮蔽风雨的帷帐。菼(tǎn):初生的芦苇,颜色青绿。这句诗是说:驾车男子穿着细毛织的菼草一般美丽色泽的衣服。

3　尔:你。岂不尔思:即"岂不思尔"。

4　啍(tūn)啍:犹"槛槛",重滞徐缓的样子。

5　璊(mén):红色美玉。

6　奔:原义是急走、跑,这里是私奔的意思。这句诗是说:怕你不同我私奔。

7　穀(gǔ):活着。这句诗是说:活着不能同房。

8　穴:墓穴。

9　皦(jiǎo):明亮。

郑　风

叔于田

叔于田[1]，巷无居人[2]。岂无居人？不如叔也，洵美且仁[3]。

叔于狩[4]，巷无饮酒。岂无饮酒？不如叔也，洵美且好。

叔适野[5]，巷无服马[6]。岂无服马？不如叔也，洵美且武。

———

这是一首赞美年青猎人的诗。

诗的开篇就设下悬念，描述"叔"出外打猎，"巷无居人"了。怎么回事？种种悬疑，吸引你看下去，"岂无居人？不如叔也"——哦，原来是有人的，只不过和叔一比，都可以忽略不计了！文中接着夸耀，"叔"不但酒量无双，驾车和骑马的技术也一流。再把"美且仁""美且好""美且武"三个光环加在"叔"的身上，"叔"不仅相貌俊朗、体魄强健，还宅心仁厚。而一再感叹的"洵美"二字，我们在《诗经》中也经常遇到。《诗经》中的作品，虽说采集自各国，但那时已经有了比较通行的雅言，精通雅言的采诗官，对于作品又有一番修饰的功夫,于是在语言上有了整齐的趋势。《叔于田》之妙,除了运用《诗经》中常见的章段复沓的布局外,还在于运用设问自答、对比、夸张的艺术手法。诗虽短短三章,但流畅谐美中有起伏转折,人物形象呼之欲出。

1　叔:古代兄弟排序为伯、仲、叔、季,年岁较小者统称为叔,此处代指女孩爱慕的猎人。于:去,往。田:打猎。

2　巷:街巷。这句诗是说:街巷里好像没有人。

3　洵(xún):确实,实在。

4　狩:冬猎为"狩",此处代指打猎。

5　适:往,到。野:郊外。

6　服马:骑马,此处代指骑马之人。

女曰鸡鸣

女曰："鸡鸣。"士曰："昧旦[1]。""子兴视夜[2]，明星有烂[3]"。"将翱将翔[4]，弋凫与雁[5]"。

"弋言加之[6]，与子宜之[7]。宜言饮酒，与子偕老。琴瑟在御[8]，莫不静好[9]"。

"知子之来之[10]，杂佩以赠之[11]。知子之顺之[12]，杂佩以问之[13]。知子之好之[14]，杂佩以报之"。

——

这是一首新婚夫妇之间的联句诗。诗的最大特点，就是男女间的诗化对话——妻子说："鸡叫了。"丈夫说："天还没全亮呐。"诗中的妻子又催促丈夫："子兴视夜，明星有烂。将翱将翔，弋凫与雁。"你起来看看夜色吧，启明星已经发光。快去射猎野鸭和大雁，不然天亮它们该飞走了。

接下来是丈夫对妻子说："弋言加之，与子宜之。宜言饮酒，与子偕老。"射来野鸭和大雁，我们一起烹调分享，共饮醇香的美酒，一起弹琴又鼓瑟，就这样白头偕老。

"与子偕老"这一句，在《邶风·击鼓》中也有："死生契阔，与子成说。执子之手，与子偕老。"恋人们的心愿都是相同的,只是《击鼓》中的爱情因凄美让人感念于心,《女曰鸡鸣》中的男女,则正在实现那一对恋人"执子之手,与子偕老"的愿望,让人有种踏实的幸福感。

诗中所言的琴瑟和鸣,代表了中国人的爱情品位。对中国人而言,美妙的爱,也许不像火一样灼热,而是"在御"的一把"琴瑟",流露出温暖、关爱与怜惜。

1   士:男子的统称。昧旦:天色将明未明之际。

2   子:你,指"士"。兴:起,这里指起床。视夜:察看夜色。

3   明星:启明星,天将亮时,见于东方的天际,故曰"启明"。烂:明亮。

4   将翱将翔:指已到了破晓时分,宿鸟将出巢飞翔。

5   弋(yì):射。用生丝做绳,系在箭上射鸟。凫、雁:野鸭与鸿雁,二者都是水鸟,所以常连称。

6   言:语助词。加:射中。

7   宜:烹调成菜肴。

8   琴:古乐器名,七弦。瑟:古乐器名,二十五弦。御:用,弹奏。

9   静:通"靖",善。静好:和睦,安好。

10   来(lài):关怀、殷勤体贴之意。

11   杂佩:古人佩饰,上系珠、玉等,质料和形状不一,故称杂佩。

12　顺：柔顺，和顺；一说训"爱"。

13　问：赠送，慰问。

14　好(hào)：喜欢，爱恋。

有女同车

有女同车[1]，颜如舜华[2]。将翱将翔[3]，佩玉琼琚[4]。彼美孟姜[5]，洵美且都[6]。

有女同行，颜如舜英[7]。将翱将翔，佩玉将将[8]。彼美孟姜，德音不忘[9]。

这是一首贵族男女的恋歌。诗人眼中的那位姑娘，不但容貌美丽，更难得的是品德好、内心美。中国有句古话："情人眼里出西施。"在诗人看来，他心爱的女人真是美不可言。

这位女子姓姜，在家里排行第一，用今天的话说，就是姜家的大姑娘。木槿花朝开暮谢，虽然每花只开一日，但每天都有大量的花开放，花期满树花朵，娇艳夺目。孟姜的面颊像木槿花一样艳美；她走起路来像鸟儿飞翔一样，十分轻盈；她身上还佩带着珍贵的环佩，行动起来，环佩轻摇，发出悦耳的响声。

总之，诗人以无比的热情，从容颜、行动、穿戴以及内在品质诸方面，描写了同车少女的形象。

1　同车：同乘一辆车；一说男子驾车到女家迎娶。
2　舜：植物名，即木槿花。

3　将翱将翔：又翱又翔。翱、翔：鸟在空中回旋飞翔,此处指女子步履、身态轻盈、敏捷,就像鸟儿翱翔一样。

4　琼琚：美玉。

5　孟：排行最大的称孟。姜：姓氏,是齐国的国姓。孟姜：姜氏长女。后世孟姜也作为美女的通称。

6　洵：确实。都：闲雅,漂亮。

7　英：华。舜英：指木槿花。

8　将(qiāng)将：拟声词,同"锵锵",玉石相互碰击摩擦发出的声音。

9　德音：美好的品德声誉。

山有扶苏

山有扶苏[1]，隰有荷华[2]。不见子都[3]，乃见狂且[4]。

山有桥松[5]，隰有游龙[6]。不见子充[7]，乃见狡童[8]。

这是一首女子因找不到如意郎君而发牢骚的诗，也有说是女子与情人的打情骂俏。

无论是高山上生长着的扶苏树、松树，还是水洼里盛开的荷花、红蓼，这些美好的植物，烘托的都是热恋中姑娘的心情。读者不妨作这样的想象：在一个山清水秀的野外安静所在，一对恋人约定在此幽会。姑娘早早就来了，可是左等右等却不见心上人来。最后，姗姗来迟的爱人总算见着了，姑娘心里当然很高兴，可嘴里却骂道：我等的人是子都那样的美男子，可不是你这样的狂妄之徒啊！我等的人是子充那样的良人，可不是你这样的狡狯少年啊！明里是骂，实则是爱嗔之语。

《山有扶苏》一诗纯以女子口吻说出，俏中含羞，个中情景，恍在眼前，似画而非画，听声还见人，使诗歌里的感情，与诗歌中的情境，天然合一，让诗歌内外都透露出一种甜蜜与幸福的氛围。

1 扶苏：树木名，枝叶四布的大树；一说桑树。

2 隰（xí）：沼泽地。荷华：荷花。

3 子：男子之美称。子都：古代美男子的称谓。

4 狂：粗狂之人。且（jū）：句末语助词，无实义。

5 桥：通"乔"，高大。松：松树。

6 游龙：水草名，即荭草、红蓼。

7 子充：古代美男子的称谓。与上一章提到的"子都"都是对恋人的美称，实为所见男子。

8 狡童：轻浮少年。

狡 童

彼狡童兮[1]，不与我言兮。维子之故[2]，使我不能餐兮。

彼狡童兮，不与我食兮。维子之故，使我不能息兮[3]。

———

这是一首表现女子失恋的诗。诗中的男女主人公连手都没拉一下，相思的女子只是暗地里抱怨自己心仪的男子不跟自己说话，不跟自己吃饭，越是抱怨就越是爱得深。

"狡童"的意思是傻小子，或小滑头，是女方对男方的戏虐称呼。那个"狡童"又何尝不是在试探相思的女子？诗篇通过直言痛呼的人物语言，刻画了一个初遭失恋而情感缠绵、对恋人仍一往情深的少女形象。

———

1　狡童：犹言"傻小子""小滑头"。一说：狡，同"姣"或"佼"，意为美少年。

2　维：因为。故：原因。

3　息：安，安宁。

褰　裳

　　子惠思我[1]，褰裳涉溱[2]。子不我思[3]，岂无他人？狂童之狂也且[4]！

　　子惠思我，褰裳涉洧[5]。子不我思，岂无他士？狂童之狂也且！

　　这是一首女子嗔怪的诗。《诗经》时代虽是以男子为中心的时代，但对女子，并没有繁文缛节的束缚。所以，《诗经》中有许多清新爽利的女子。《褰裳》一诗只短短二章，不用肖像描写，不用行动描写，也不进行心理刻画，仅仅选取几句颇有性格的语言，就鲜明地刻画出一个辣妹子的形象，笔墨之经济，令人赞叹。

　　从"狂童之狂也且"的戏谑语气即可推知，在女主人公心里，实在是很看重这份爱情的，但在外表，却又故意装出不在意的样子。所以她刚冷若寒霜，吐出"岂无他人"一句，又噗哧一笑，戏谑地调侃对方"傻小子"了。看来，这位泼辣、爽朗的女主人公，在爱情上既颇认真，也还带着几分狡黠呢。女主人公既热烈奔放，又坦诚活泼，这种健康明朗的风格，一直在历史上深为人所爱。

1　子:你。惠:爱也;一说真心实意。这句诗是说:你若爱我想念我。

2　褰(qiān):提起下衣。溱(zhēn):郑国河流名。水出河南密县郐城西北鸡络坞下。因经郐城,故又称郐水。

3　不我思:即"不思我"。

4　狂童:谑称,犹言"傻小子"。狂:痴。且(jū):语气助词。

5　洧(wěi):郑国河流名,即今河南的洧河。发源于登封东阳城山,东流至新郑,会溱水。

丰

子之丰兮[1]，俟我乎巷兮[2]。悔予不送兮[3]。
子之昌兮[4]，俟我乎堂兮[5]。悔予不将兮[6]。
衣锦䙆衣[7]，裳锦䙆裳[8]。叔兮伯兮[9]，驾予与行[10]。

裳锦䙆裳，衣锦䙆衣。叔兮伯兮，驾予与归[11]。

———

这首诗写一位女子由于某种原因未能与相爱的人结婚，心里悔意满满。诗中体现出的心境，是所谓"众里寻他千百度，蓦然回首，那人却在、灯火阑珊处"。全诗纯以赋法，铺陈其事：前两章回忆，着重描写姑娘的懊丧之情。读者可以看到，回心转意之后，姑娘心目中的男子形象，是多么的英俊而又可爱。

这两章只易三字，然而从"丰"到"昌"，男子在姑娘心目中的形象愈加美好；从"送"到"将"，不仅表现了姑娘懊丧心情日益加重，而且还暗示了姑娘对小伙子的爱意在逐渐加深。

丰美的男子是否迎娶了心上人，诗中没有答案。也正因为结局不得而知，我们才格外与诗中的女子感同身受。《丰》诗虽然只是简单描写心理情绪，却一波三折，扣人心弦，暗寓着一个完整的恋爱故事,两位主人公的形象也个性鲜明,富有质感。

1   丰:丰满,标致。

2   俟(sì):等候,等待。

3   送:送行。此处的"送",并非一般的送行之意,而是寓有女子答应婚约的意思。

4   昌:健康强壮的样子。

5   堂:正房,堂屋。

6   将:送行。

7   衣锦绡衣:第一个"衣"为名词用作动词,由上衣活用为穿衣。锦:有彩色花纹的丝织品。绡(jiǒng)衣:麻制成的单罩衣。

8   裳:名词动用作动词,由下裙活用为着下裙。按:"锦绡衣""锦绡裳",都是古代女子准备出嫁时穿的衣服,这种衣裳色泽鲜艳,花纹美丽。

9   叔:泛指同辈男子中年龄小者。伯:同辈中,长者为伯。此处"叔、伯"均为昵称,指送亲之人。

10   驾:系马于车,驾车。古时婚姻有亲迎之礼。这是女子呼男子为己备车。予:我。行:指出嫁。与行:同行,指送嫁。

11   与:跟。归:先秦时女子出嫁曰"归"。与归:即于归,往归,指女子嫁到夫家。

子　衿

　　青青子衿[1]，悠悠我心[2]。纵我不往，子宁不嗣音[3]?

　　青青子佩[4]。悠悠我思。纵我不往，子宁不来?

　　挑兮达兮[5]，在城阙兮[6]。一日不见，如三月兮。

　　这是一首女子思念情人的诗。诗中仅描画了一个衣领和佩玉绶带都是青色的年轻学子,这是用那男子身上的衣饰,指代男子本人。

　　热恋时,人的注意力常常奇怪地集中在一些并不重要的地方。"青衿"可能是那男生制服的特别之处,也可能并无出奇,只是那女孩为之倾注了过多的柔情而已。"悠悠我心",显见得是为那男人心旌摇荡。这里没有一句你情我爱,却将思念与娇嗔表达到淋漓尽致了。

　　这诗中的"青青子衿"句,后来因为曹操《短歌行》的引用、演绎,成为传诵千古的名句:"青青子衿,悠悠我心。但为君故,沉吟至今。"雄才大略的曹操,当然不会像《诗经》里的郑国女子一样婉约、多情。他用一种委婉含蓄的方法,来提醒那些"贤才"：就算我没有去找你们，你们为什么不主动来投奔我呢？曹操用这古诗句，表达了对贤才的渴求。

1　子：男子的美称，诗中女子指她的情人。衿（jīn）：即襟，衣领。

2　悠悠：忧思的样子。

3　宁：难道。嗣：寄，留下。这句诗是说：你难道就不捎个信来吗？

4　佩：指佩玉的绶带。

5　挑兮达兮：独自走来走去的样子。

6　城阙：城门两边的观楼，是男女惯常幽会的地方。

扬之水

扬之水[1]，不流束楚[2]。终鲜兄弟[3]，维予与女[4]。无信人之言[5]，人实迋女[6]。

扬之水，不流束薪[7]。终鲜兄弟，维予二人。无信人之言，人实不信[8]。

此诗突出的是表述上的杂言：第一句为三言、第五句为五言，这两句杂言诗，与整体上的四言相搭配，节奏感强，又带有口语的韵味，有很强的感染力。

《诗经》中提到"束薪"，往往都和婚恋有关，这诗中却又提到了兄弟，让我们不由不好奇：写诗的人和他倾诉的对象是什么关系？诗中的人物都在诗歌的高度凝练表达中隐去了，但作诗的人和当时的人一定都知道是谁。我们今天无法了解到诗的语言背景，自然也无从了解到这首诗到底是写亲情，还是写爱情。却能从诗中体会到，人与人之间心心相印之难。

1　扬：悠扬。

2　束：捆扎。楚：荆条。

3　终：既，已。鲜（xiǎn）：缺少。

4　维：通"唯"，只有。女：同"汝"，你。

5　言：流言。

6　迋（guàng）：通"诳"，欺骗。

7　薪：柴。

8　信：诚信，可靠。

出其东门

　　出其东门[1]，有女如云[2]。虽则如云，匪我
思存[3]。缟衣綦巾[4]，聊乐我员[5]。

　　出其闉阇[6]，有女如荼[7]。虽则如荼，匪我
思且[8]。缟衣茹藘[9]，聊可与娱。

　　这是一首表现男子对爱情忠贞不二的诗。中国历史上情
诗无数，但赞美男人专情的却寥寥，而以男子为第一人称来表
达坚贞爱意的就更少。

　　郑国的东门，见证了一颗见色不迷的男人心。在迈出
城门的刹那间，此诗的主人公也被这"如云""如荼"的美女
吸引了。那毫不掩饰的赞叹之语，正表露着这份突然涌动的
不自禁之情。面对如云彩般众多的美女，寻常市井少年都去
紧随芳踪了，可诗中的男子却时刻想念"缟衣綦巾"的那个
女孩。

　　"聊乐我员"的"员"只是语气词，没有实意，但《诗经》
中的语气词都不能小觑，因这些虚词，诗中的情感更丰厚了
一层。"聊"字更妙，似乎是没有什么，淡淡地说，却郑重地表
达了这爱是唯一也是全部。我们再回看诗之开篇，那对东门
外"如云""如荼"美女的赞叹，其实都只是一种渲染和反衬。

《诗经》言情艺术水准之高,让人慨叹。

1 东门:城东门,乃郑国游人云集之处。

2 如云:形容美女众多。这句诗是说:美女成群如云彩。

3 匪:非。思存:想念。匪我思存:言非我所思念。

4 缟(gǎo):白色素绢。缟衣:是较粗贱的衣服。綦(qí)巾:
暗绿色佩巾。

5 聊:姑且,暂且。乐我:使我乐。员:同"云",语助词。

6 闉(yīn):曲城,又叫作"瓮城",就是城门外的护门小城。
阇(dū):是闉的门。闉阇:泛指外城门。

7 荼:茅花,色洁白。如荼:形容美女众多。

8 且(jū):语助词。

9 茹(rú)藘(lǘ):茜草,其根可制作绛红色染料,此指绛红
色佩巾。"綦巾"变为"茹藘",是因为分章换韵而改字,所指
还是同一个人。"缟衣""綦巾""茹藘"之服,均显示此女身
份之贫贱。

野有蔓草

野有蔓草[1]，零露漙兮[2]。有美一人，清扬
婉兮[3]。邂逅相遇[4]，适我愿兮。

野有蔓草，零露瀼瀼[5]。有美一人，婉如
清扬。邂逅相遇，与子偕臧[6]。

———

这是一首恋歌。

"兴"多放在一首诗的开头，常常是借对自然界的事物描
写，如鸟兽虫鱼、风云雨雪、星辰日月等，先开个头，然后借以
联想，引出诗人的内心情感。这首诗写情人在郊野"邂逅相
遇"，就充分运用了这种艺术手法。

野外的草地上长着清新的草，上面挂着点点露珠。清秀
妩媚的少女，就像挂着点点露珠的绿草一样清新可爱。而绿
意浓浓、生趣盎然的景色，和诗人与美女邂逅相遇的喜悦心
情，正好交相辉映。

诗以晶莹剔透而又无比圆润的露珠起兴，预示了爱情的
纯洁和完满。也是因了露的纯净，诗中少了份世俗，多了份唯
美。全诗只关乎爱情，没有其他任何的羁绊和枝蔓。

———

1　蔓：蔓延、延伸。一说为茂盛。

2 零：落下。湾（tuán）：形容露水很多。

3 清扬：形容女子眉目漂亮传神。婉：美好。

4 邂逅：不期而遇。

5 瀼（ráng）：形容露水浓重的样子。

6 臧（zāng）：善也。

溱　洧

　　溱与洧[1]，方涣涣兮[2]。士与女，方秉蕳兮[3]。女曰：观乎[4]？士曰：既且[5]。且往观乎[6]？洧之外，洵讦且乐[7]。维士与女[8]，伊其相谑[9]，赠之以勺药[10]。

　　溱与洧，浏其清矣[11]。士与女，殷其盈兮[12]。女曰：观乎？士曰：既且。且往观乎？洧之外，洵讦且乐。维士与女，伊其将谑[13]，赠之以勺药。

　　这是描写郑国三月上巳节青年男女在溱水、洧水两岸游春的诗，可以说是郑国的民俗纪录片。

　　诗的开篇是一个全视角的拍摄：哗哗流淌的河水边，是无数手拿兰花的青年男女，他（她）们开朗大方地说着笑着，将初春的空气搅动得欢腾起来。"溱与洧，方涣涣兮。士与女，方秉蕳兮"，简简单单十四个字，就为我们勾勒了一幅欢乐祥和的游春图，传递给我们无数欣喜、兴奋和欢乐的气息！

　　紧接着，镜头一转，圈定在一对青年男女的身上，展现了他们交往的过程。接下去又是一个全视角的放大镜头，是无数的"士与女"互赠勺药，定情嬉笑。诗中有风景、有人物、有场面、有特写,特别突出人物的对话,欢声笑语,香兰扑鼻,勺药动人。

　　诗的高明之处,不仅在于此情此景,更给人无限想象,想象二人相会后将来的情,将来的景。读之让人生出对爱情的无限信心!

1　溱(zhēn)、洧(wěi):郑国河流名,在今河南境内。

2　涣涣:冰河解冻,春水满涨的样子。

3　秉:拿。蕳(jiān):香草名,生在水边的泽兰。当地当时习俗,以为手持兰草,可驱除不祥。

4　观乎:去看看吧。

5　既且:已经去过了。

6　且:姑且。

7　讦(xū):大。乐:本义为快乐,引申为热闹。

8　维:语助词,无意义。

9　伊:语助词。相谑:互相调笑。

10　勺药:一种香草。这里指的是草勺药,不是花如牡丹的木勺药,古时候情人在分别时互赠此草,寄托即将离别的情怀。

11　浏:水清的样子。

12　殷,众多。盈:满。殷其盈兮:人多,地方都满了。

13　将谑:与"相谑"同。

齐　风

还

　　子之还兮[1]，遭我乎猺之间兮[2]。并驱从两肩兮[3]，揖我谓我儇兮[4]。

　　子之茂兮[5]，遭我乎猺之道兮。并驱从两牡兮[6]，揖我谓我好兮。

　　子之昌兮[7]，遭我乎猺之阳兮[8]。并驱从两狼兮，揖我谓我臧兮[9]。

　　这是猎人互相赞美的诗。诗一开始即展现出一幅动人的狩猎场面,两位矫健的猎手,跨马驰骋,相遇在山间小路上。他们相互夸赞,欣然相约一起去追捕野兽,猎获甚丰,又互相道喜,彬彬有礼。三章叠唱,意思并列,每章只换四个字,却很重要,起到了文义互补的作用:首章互相称誉敏捷,次章互相颂扬善猎,末章互相夸赞健壮。诗句字里行间,充溢着对山间狩猎的神往和喜悦,对矫健善射的赞叹和思慕。这首诗的特点是不用比、兴,而用"赋"法简单叙事,以猎人自叙的口吻,真切地抒发了猎人狩猎后暗自得意的情怀,既夸赞了同行,也赞美了自己。

1 还：通"旋"，身体轻捷的样子。

2 猕（náo）：齐国的山名，在今山东淄博东。

3 从：跟随，跟从。肩：通"豜（jiān）"，三岁豕，这里泛指大兽。

4 揖：相见时作拱手状的礼节。儇（xuān）：轻快便捷。

5 茂：美好，这里指才德出众。

6 牡：雄性的兽。

7 昌：指强壮有力。

8 阳：山的南面。

9 臧（zāng）：善，好，在这里指技艺完善。

著

俟我于著乎而¹。充耳以素乎而²，尚之以琼华乎而³。

俟我于庭乎而。充耳以青乎而，尚之以琼莹乎而。

俟我于堂乎而。充耳以黄乎而，尚之以琼英乎而。

诗写一个新娘的快乐，描述了古代婚礼上迎亲的时候，新娘的心理活动。从走下婚车踏入夫家那一刻，新娘就开始用眼角的余波在寻找新郎。她又紧张又害羞，新郎在哪里等她呢？这诗是以新娘进入新郎家中的空间递进为吟唱的。古代富贵人家大门口都有屏风，大门与屏风之间的地方叫"著"。新郎先在门口迎候，随即到庭院，最后到厅堂迎接自己的新娘。新娘子偷偷瞟自己的新郎，没有看到他的脸，只看到他的衣饰是那样华美！"充耳"是新郎戴的冠上装饰的玉，一直悬到耳边，那玉好漂亮啊！

这诗句本是极普通的叙述，但经新娘子反复吟唱，吟唱的对象是新郎，又发生在这特殊的时刻和环境中，便觉得妙趣横生、余味无穷了。

1　俟：等待。著：通"伫"，古代富贵人家正门内有屏风，正门与屏风之间叫著，古代婚娶在此处亲迎。乎而：语助词。

2　充耳：饰物，又称塞耳，悬在冠之两侧。古代男子冠帽两侧各系一条丝带，在耳边打个圆结，圆结中穿上一块玉饰，丝带称纮（dǎn），饰玉称瑱（tiàn），因纮上圆结与瑱正好垂在两耳边，故称"充耳"。诗之三章中提到的"素""青""黄"，为各色丝线，代指纮。

3　尚：加上。琼：赤玉，指系在纮上的瑱。诗之三章中提到的"华""莹""英"，均形容瑱的光彩，因协韵而换字。

卢　令

卢令令¹，其人美且仁²。
卢重环³，其人美且鬈⁴。
卢重鋂⁵，其人美且偲⁶。

———

这是一首赞美猎人的诗。该诗是整部《诗经》中最短的，全诗各章，上写犬，下写人。写犬，重在铃声、套环，描绘了猎犬之迅捷、灵便；写猎人，各用一"美"字，突现其英俊，再用"仁""鬈""偲"三字，则极赞其内秀、勇壮、威仪。全诗通过对一位猎人勇壮的外貌、超群的才干和美好的心灵的赞美，反映出了春秋时代的人们爱好田猎的风俗民情，以及对英雄猎手的尊崇。

———

1　卢：黑毛猎犬。令(líng)令：拟声词，即"铃铃"，猎犬颈下套环发出的响声。

2　其人：指猎人。仁：仁慈和善。

3　重(chóng)环：两个环套在一起，又称子母环。

4　鬈(quán)：勇壮；一说形容猎人头发柔软卷曲。

5　鋂(méi)：一个大环套着两个小环。

6　偲(cāi)：多才多智；一说多胡须的样子。

魏　风

汾沮洳

　　彼汾沮洳[1]，言采其莫[2]。彼其之子，美无度[3]。美无度，殊异乎公路[4]。

　　彼汾一方，言采其桑。彼其之子，美如英[5]。美如英，殊异乎公行[6]。

　　彼汾一曲[7]，言采其藚[8]。彼其之子，美如玉。美如玉，殊异乎公族[9]。

　　《汾沮洳》写一个女子在采桑时陷入了爱情：她所爱的男子"美无度"，无法用语言来形容他的好。他不仅有如花般纯净又完美的外表，而且有如玉般的品行。这位女子的意中人，不仅长相漂亮、德行突出，而且身份地位，连那些"公路""公行""公族"等达官贵人，也望尘莫及。全诗结束，也没有见到对女子所思之人的正面描写，但通过这种对比、烘托的艺术手法，却把这位未曾露面的男子，描写得如见其人了。

1　汾：汾水，在今山西中部地区，西南汇入黄河。沮（jù）洳（rù）：河边低湿的地方。

2　莫：野菜名，即酸模，又名羊蹄菜，多年生草本，有酸味。

3　度：限度。美无度：极言其美无比。

4　殊异：优异出众，特别不同。公路：官名，掌管国君的车马。

5　英：花。

6　公行（háng）：官名，掌管国君的兵车。

7　曲：河道弯曲之处。

8　藚（xù）：药用植物，即泽泻草，多年沼生草本，地下球茎，可作蔬菜。

9　公族：官名，掌管国君宗族事务。

园有桃

园有桃，其实之殽[1]。心之忧矣，我歌且谣[2]。不知我者，谓我士也骄[3]。彼人是哉[4]，子曰何其[5]？心之忧矣，其谁知之？其谁知之，盖亦勿思[6]！

园有棘[7]，其实之食。心之忧矣，聊以行国[8]。不知我者，谓我士也罔极[9]。彼人是哉，子曰何其？心之忧矣，其谁知之？其谁知之，盖亦勿思！

这是一首贤士忧国忧民的诗。《诗经》里提到过十几种水果，如桃子、李子、木瓜、梅子、枣、桑葚等，都在诗篇中散发着诱人的香味，代言着人与人之间的情谊。这首《园有桃》以桃子起兴，也是以桃子自比。桃子虽不是山珍海味，但也可以当作美味佳肴，比喻自己这个山野之人也有可贵之处，却无所可用，不能把自己的"才"贡献出来，做一个有用之人。因而引起了诗人心中的郁愤不平，所以一再地说"心之忧矣，我歌且谣"——他无法解脱心中的忧闷，只得放声高歌，聊以自慰。可以说，一部《诗经》立体地再现了两千多年前的生存环境、事态人情，是当时社会生活的多方位、多角度的反映。

1　之：是宾语"实"前置的标志。殽（yáo）：吃。其实之殽：它的果实可以充饥。

2　歌：用乐器伴唱的叫歌。谣：不用乐器伴唱的叫谣。这两词此处皆作动词用，泛指歌唱。

3　谓：说，认为。骄：骄狂，傲慢无礼。

4　是：如此。彼人是哉：那些人本来就是这样啊。

5　其：语助词，无实义。子曰何其：你说如何？

6　盖：通"盍"，何不。亦：语助词，无实义。盖亦勿思：为什么都没有想到呢？

7　棘：指酸枣。

8　聊：姑且。行国：离开城邑。"国"与"野"相对，指城邑。

9　罔：无，没有。极：准则，标准。

十亩之间

　　十亩之间兮[1]，桑者闲闲兮[2]。行与子还兮[3]。

　　十亩之外兮，桑者泄泄兮[4]。行与子逝兮[5]。

　　桑的最早记述，出现在甲骨文当中，是早期农业的重要种植品种。西周的种桑养蚕业几乎遍及整个黄河流域，所以才会有《十亩之间》"桑者泄泄兮"的描绘。

　　全诗六句，每句后面都用了语气词"兮"字，这就很自然地拖长了语调，表现出一种舒缓而轻松的心情，也包含了面对一天的劳动成果满意而愉快的感叹。

　　这首诗，有人说是写采桑女子劳动之后，结伴同归的情景，表现了劳动的快乐；也有人说，是写一位在官场疲惫失意的男人，见到采桑女的悠闲自得，遂有意归隐山林；还有人说，这是采桑女子召唤自己的情郎一起同行。读《诗经》，不宜拘泥于考据索隐。今天的我们从中看到的，除了田园的美，还有工作中的悠闲。

1　十亩：言桑林的面积，并非实指。十亩之间兮：大片幽静葱

绿的桑田啊。

2 桑者:采桑的人。古代从事采桑者多为女性,故这里指采桑的姑娘。闲闲:从容悠闲的样子。

3 行:走。还:一作"旋",盘旋,盘桓。犹今人言"转转"。

4 泄泄:人多的样子。

5 逝:往。

伐　檀

坎坎伐檀兮[1]，寘之河之干兮[2]，河水清且涟猗[3]。不稼不穑[4]，胡取禾三百廛兮[5]？不狩不猎[6]，胡瞻尔庭有县貆兮[7]？彼君子兮[8]，不素餐兮[9]！

坎坎伐辐兮[10]，寘之河之侧兮，河水清且直猗[11]。不稼不穑，胡取禾三百亿兮[12]？不狩不猎，胡瞻尔庭有县特兮[13]？彼君子兮，不素食兮！

坎坎伐轮兮，寘之河之漘兮[14]，河水清且沦猗[15]。不稼不穑，胡取禾三百囷兮[16]？不狩不猎，胡瞻尔庭有县鹑兮？彼君子兮，不素飧兮[17]！

———　这是讽刺统治者不劳而获的诗，为《诗经》中最为人们熟悉的篇目之一。一群伐木者砍檀树造车时，联想到统治者不种庄稼、不打猎，却占有这些劳动果实，非常愤怒，你一言我一语地发出了责问的呼声。史载，魏地贫瘠，而魏国统治者多苛政，所以《魏风》多怨刺之语。《伐檀》一诗运用了对比的手法，反映社会的不平等，一些人辛勤劳动却食不果腹，另一些人不种不猎却过着优裕的生活。全诗直抒胸臆,叙事中饱含愤怒情感,不加任何渲染,却增加了真实感与揭露力量。

1　坎坎:拟声词,伐木的声音。

2　寘(zhì):同"置",放。干:河岸,水边。

3　涟:水波纹。猗(yī):义同"兮",语气助词。

4　稼:播种。穑(sè):收获。

5　胡:为什么。禾:谷物。三百:极言其多,非实数。廛(chán):通"缠",捆,束。

6　狩:冬猎曰"狩"。猎:夏猎曰"猎"。这里泛指打猎。

7　瞻:向前或向上看。县:古"悬"字。貆(huán):兽名,猪獾;一说幼小的貉。

8　君子:指有地位有权势者。

9　素餐:白吃饭,不劳而获。这句是反问的语气,讽刺剥削者不劳而获。

10　辐:车轮上的辐条。

11　直:水直直的流;一说是水有直的波纹。

12　亿:束。

13　特:大兽,指满三岁的兽。

14　漘(chún):水边。

15　沦:水中的小漩涡。

16　囷(qūn):束;一说圆形的谷仓。

17　飧(sūn):熟食。这里泛指吃饭。

硕　鼠

硕鼠硕鼠[1]，无食我黍。三岁贯女[2]，莫我肯顾[3]。逝将去女[4]，适彼乐土[5]。乐土乐土，爰得我所[6]！

硕鼠硕鼠，无食我麦。三岁贯女，莫我肯德[7]。逝将去女，适彼乐国。乐国乐国，爰得我直[8]！

硕鼠硕鼠，无食我苗。三岁贯女，莫我肯劳[9]。逝将去女，适彼乐郊。乐郊乐郊，谁之永号[10]！

这是一首反对剥削、幻想美好生活的诗。

《诗经》里用了很多比喻，这些比喻，都是先民从自己人生的近处采撷的。婚礼的吉祥过程，相伴的是浓丽绽放的桃花、李花；祝人多子多福，就愿他像蝗虫样有超强的生育力；而人人喊打的老鼠，则成了最丑陋的象征，不讲礼仪的人和贪官污吏都被比作老鼠。

《硕鼠》开篇直呼剥削者为贪婪可憎的肥老鼠，这比喻不但形象地刻画了剥削者的丑恶面目，而且让人联想到"老鼠"之所以硕大的原因，正是贪婪、剥削的程度太重了。农夫长年劳动,用自己的血汗养活了统治者,而统治者却没有丝毫的同情和怜悯:"莫我肯顾",一点也不肯顾念我们。

可贵的是,这些农夫并未被愤恨淹没,他们还畅想着美好的理想国:"乐土""乐国"。在这块幸福的国土上,"谁之永号"—谁还会再过啼饥号寒的生活呢?人人平等,人人幸福,再也不用哀伤叹息地过日子了。

1　硕鼠:大老鼠,这里比喻剥削者。

2　贯:侍奉。女:通"汝",你。

3　顾:关照,怜惜。

4　去:离开。逝:通"誓",表示坚决的语气。

5　乐土:可以安居乐业的地方。

6　爰:于是。

7　德:用如动词,加惠。

8　直:同"值",价值。

9　劳:慰问。

10　永号:痛苦的呼号。

唐　风

蟋　蟀

蟋蟀在堂，岁聿其莫[1]。今我不乐，日月其除[2]。无已大康[3]，职思其居[4]。好乐无荒，良士瞿瞿[5]。

蟋蟀在堂，岁聿其逝。今我不乐，日月其迈[6]。无已大康，职思其外。好乐无荒，良士蹶蹶[7]。

蟋蟀在堂，役车其休[8]。今我不乐，日月其慆[9]。无已大康，职思其忧。好乐无荒，良士休休[10]。

这是一首岁暮抒怀的诗。作者可能是一位"士"，他感到光阴易逝，应当及时行乐；但他又不愿意彻底堕落，还想着自己的职责，觉得享乐毕竟还是适可而止的好。

《唐风》中最为引人注意的特点，就是生命意识的萌发，这体现在对生命有限性的感叹和对个人价值的渴望。《蟋蟀》一诗格调忧郁悲凉，诗人从蟋蟀由野外迁至屋内，天气渐渐寒凉，想到这一年已到了岁暮，感慨要抓紧时机好好行乐，不然便是浪费了光阴。

　　但是,在及时行乐和勤于职事两个方面,诗人主张"好乐无荒",表现的是一种士人立身行事的态度,内心的警惕时时有所告诫,倒显示了比较典型的中国古代士大夫品格。

1　聿(yù):语助词,无实义。莫:同暮,此处指岁末。

2　岁月:指光阴。除:消逝,过去。

3　大康:过分康乐。

4　职:通"直",训"当"。居:所处的地位。

5　瞿瞿:收敛,警惕。

6　迈:消逝,过去。

7　蹶(guì)蹶:敏捷勤劳的样子。

8　役车:行役所用的车子。休:休息。

9　慆:逝去。

10　休休:希望和平的心情。

山有枢

山有枢[1]，隰有榆[2]。子有衣裳，弗曳弗娄[3]？子有车马，弗驰弗驱？宛其死矣[4]，他人是愉。

山有栲[5]，隰有杻[6]。子有廷内[7]，弗洒弗扫？子有钟鼓，弗鼓弗考[8]？宛其死矣，他人是保[9]。

山有漆，隰有栗。子有酒食，何不日鼓瑟？且以喜乐，且以永日。宛其死矣，他人入室。

这是一首讽刺守财奴、宣扬及时行乐的诗。钱财对人来说是身外之物，生不带来，死不带走。然而，《山有枢》中的"子"偏偏想不明白这个极其明显的道理，一头扎进财货中，做钱物的奴仆。

清陈继揆《读诗臆补》评此诗为"危言苦语，骨竦神惊"。诗人有意警醒世人，在有限的生命时间内，有衣就穿，有酒就喝，有车就乘，有马就骑，有钟就敲，有鼓就捶。如果有一天你死了，徒让他人来占有。诗中宣扬的是一种及时行乐的思想。

1　枢:刺榆树。

2　榆:榆树。

3　曳:拖。娄:借为"搂",古时候长衣拖地,行走时需要提着。

4　宛:同"苑",枯萎。

5　栲(kǎo):臭椿。

6　杻(niǔ):菩提树。

7　廷:通"庭",院子。

8　鼓、考:均是敲打。

9　保:占有。

绸　缪

　　绸缪束薪[1]，三星在天[2]。今夕何夕，见此良人？子兮子兮，如此良人何？

　　绸缪束刍[3]，三星在隅[4]。今夕何夕，见此邂逅[5]？子兮子兮，如此邂逅何？

　　绸缪束楚，三星在户[6]。今夕何夕，见此粲者[7]？子兮子兮，如此粲者何？

　　这首诗写男女初婚之夕的无限好光景，竟是"相逢犹恐是梦中"的恍惚。这样一首写新婚的诗，最先描绘的却是柴草："薪""刍""楚"都是柴草，"绸缪"则是紧紧捆扎的意思。用紧紧捆束的柴草，祝福一对新人将亲密地生活在一起。三星"在隅""在户"，随着夜色的加深，三星的位置也有了变化。诗人正是通过"三星"映地位置由东向西之变，表示时间已由黄昏转向深夜，该开始"闹新房"了，更是喜气非凡。

　　诗借了"束薪"作象征，用"三星"作背景，写了新婚的欢悦场面。而"子兮子兮，如此良人何"这句诗，似是宾客的调侃之语：春宵一刻值千金，该怎么亲昵你的心上人呢？呵呵，真有道不完的情深意长和新婚之夜的憧憬激动。

——

1　绸(chóu)缪(móu):缠绵、紧紧捆束的意思。

2　三星:指参星,由三颗星组成,故称三星,为二十八星宿之

一。在天:在天空照耀。

3　刍(chú):喂牲口的青草。

4　隅:指东南角。

5　邂逅:不期而会,在这里用作名词,指不期而会的人。

6　户:门。

7　粲者:鲜明,美好,此指新妇。

羔　裘

羔裘豹祛¹，自我人居居²。岂无他人？维子之故³。

羔裘豹褎⁴，自我人究究⁵。岂无他人？维子之好⁶。

　　羔裘是古代卿大夫上朝时穿的官服。《诗经》中通过描写羔裘来刻画官员形象的诗有三首，即《召南·羔羊》《桧风·羔裘》和《唐风·羔裘》。《唐风·羔裘》的作者，以衣服来作人的代言，从羊羔皮制朝服的质地、装饰之高级，来描写男主人公的形象，以及由此而带来的人际关系的变化，大有画龙点睛的神来之妙，使男主人公的形象异常鲜明突出，有力地铺垫了各章后面"自我人居居""自我人究究"的神态描写，刻画了一个一朝得势、自以为是、傲慢自大，而且装腔作势的新贵形象。

　　诗歌每章后两句"岂无他人？维子之故／好"，通过女主人公的心理表白，从侧面刻画了女主人公的淳朴形象——为了爱人，她忍气吞声，甚至委曲求全。这一切，全都是念在昔日的情分上，并非他"羔裘豹祛"的身份和地位。

1　羔裘：羊羔皮做的小羊皮袍。袪（qū）：袖口。豹袪：豹皮袖口。

2　自：对。我人：我等人。居居：同"倨倨"，傲慢无礼的样子。

3　故：故人，故友。

4　褎（xiù）：同"袖"。

5　究究：同"仇仇"，狂傲轻浮。

6　好：与……相好，一说当有婚配之意；一说是旧日的好处。

葛　生

葛生蒙楚[1]，蔹蔓于野[2]。予美亡此[3]，谁
与？独处！

葛生蒙棘[4]，蔹蔓于域[5]。予美亡此，谁
与？独息！

角枕粲兮[6]，锦衾烂兮[7]。予美亡此，谁
与？独旦[8]！

夏之日，冬之夜[9]。百岁之后，归于其居[10]。

冬之夜，夏之日。百岁之后，归于其室。

这是一首悼亡诗。诗的开首两句，以爬满荆条的葛藤和
蔓延墓地的蔹草起兴，以蔓生植物的有所依托，比喻自身的孤
独。这两句也是对死者长眠之地的景物描写，生长在田野里
的蔓生植物是矮小的，这也就更突出了空间的广阔。在心境
悲凉的主人公那里，坟地是那么空旷、荒芜、冷落。而坟地的
荒凉，使主人公很自然地想到了长眠于此的亲人的孤单。

第一、二章即反复咏叹了主人公的这种心理活动。角枕
和锦衾，既可以指死者用的器物，也可理解为夫妇晚上共寝所
用的寝具，由此而想到，谁来陪我到天明？

夏季的白天、冬日的夜晚都是长的，以时间之长，暗示思

念之深；第五章将次序对调，"夏之日，冬之夜"颠倒为"冬之夜，夏之日"，这是诗人刻意为之。诗人在伤痛死者孤单的时候，表明自己也要孤单地苦熬今后的漫长岁月，体现了诗中主人公日复一日、年复一年永无终竭的怀念之情，闪烁着一种追求爱的永恒的光辉。

1　葛：藤本植物，茎皮纤维可织葛布，块根可食，花可解酒毒。蒙：覆盖。楚：灌木名，即牡荆。

2　蔹（liǎn）：植物名，葡萄科藤本植物，根可入药，有白蔹、赤蔹、乌蔹等。

3　予：我。予美：我的好人，一般认为是妻子称亡去的丈夫。亡此：死于此处，指死后埋在那里。

4　棘：酸枣，有棘刺的灌木。

5　域：坟地。

6　角枕：枕上用兽角做装饰，敛尸时用来枕尸；一说是方枕。粲：同"灿"，鲜明的样子。

7　锦衾：彩色花纹丝织品做的被褥，敛尸用。烂：灿烂。

8　旦：天亮。独旦：独处到天亮。

9　夏之日、冬之夜：夏之日长，冬之夜长，言时间漫长。

10　其居：亡夫的墓穴。下文"其室"义同。

秦 风

车 邻

有车邻邻[1]，有马白颠[2]。未见君子[3]，寺人之令[4]。

阪有漆[5]，隰有栗[6]。既见君子，并坐鼓瑟。今者不乐，逝者其耋[7]。

阪有桑，隰有杨。既见君子，并坐鼓簧[8]。今者不乐，逝者其亡[9]。

这是一首反映秦君生活的诗。诗是自述式的，首章从拜会友人的途中写起，诗人说自己乘着马车前去，车声"邻邻"，如音乐一般好听，他仿佛在欣赏着一支美妙的乐曲。白额头的马是骏马，是古代珍贵的名马之一，不是普通人能养得起用来拉车的，可见诗中人物皆为贵族身份。

诗的菁华在于"今者不乐，逝者其亡"——现在不及时作乐，将来老了就迟了。这种对于及时行乐的提醒，正是人类对生命的自觉。这种自觉，本身就是一种进步。

1　邻邻：拟声词，同"辚辚"，车行声。

2　白颠：头顶长白毛的马，一种良马，即戴星马。颠：额头。

3　君子：这里是对秦国国君的尊称。

4　寺人：宫内的侍御之官，职位卑下而权力大，即后来的太监之类。令：命令。言车、言马，都是指自己的车马，因"未见君子"，所以命令车夫把车子赶得快一点。

5　阪（bǎn）：山坡。漆：漆树。

6　隰（xí）：低湿的地方。栗：栗树。

7　逝：往、去。逝者：与"今者"相对而言，指明日、很快的意思。耋（dié）：八十岁，此处泛指衰老。这句诗是说：转眼就衰老了。

8　簧：本指笙管中的铜叶，在此为笙的代称。

9　亡：死亡。

小　戎

小戎俴收[1]，五楘梁辀[2]。游环胁驱[3]，阴靷鋈续[4]。文茵畅毂[5]，驾我骐馵[6]。言念君子[7]，温其如玉[8]。在其板屋[9]，乱我心曲[10]。

四牡孔阜[11]，六辔在手[12]。骐駵是中[13]，騧骊是骖[14]。龙盾之合[15]，鋈以觼軜[16]。言念君子，温其在邑[17]。方何为期[18]？胡然我念之[19]？

俴驷孔群[20]，厹矛鋈錞[21]。蒙伐有苑[22]，虎韔镂膺[23]。交韔二弓[24]，竹闭绲縢[25]。言念君子，载寝载兴[26]。厌厌良人[27]，秩秩德音[28]。

这是一首女子思念远征丈夫的诗。

这首诗一而再、再而三地描述战车、战马及兵器的精良华美。春秋诸国，各有自己的时尚。秦国的时尚就是尚武、从军打仗，所以这首诗才津津乐道于秦国军队的装备精良。

诗先写兵车，继写战马，再写兵器，而反复地渲染其华贵、精美。诗中虽未明言心上人的仪容，但这女子所爱的对象却已威仪棣棣，宛然在目。在盛大的军容和森严的兵阵中，却点缀了这样一句经典的言情之语："言念君子，温其如玉。"让肃杀的氛围中，增添了一丝红粉的色彩。

　　这位女子虽因所爱的男人远在战场而心事纷乱不安,却毫无怨言,其情调与后来中国古典诗词中那些思妇的断肠之曲大异其趣,而溢出阵阵阳刚之气。诗中虽叙写了思念的深切,但更多的却是对所爱恋男子的赞美,并以此来加深思念的深度。尤其是结尾句"厌厌良人,秩秩德音",凸显了整个社会对她所爱恋男子的高度评价,这女子也以此为慰藉。

　　从《小戎》诗这女子的心态中,我们可以感受到,她虽珍视自己的爱,心中却是以家国天下为重的。她期待着自己的男人建功立业,凯旋归来。

1　小戎:兵车一种。俴(jiàn):浅。收:轸,即车厢。俴(jiàn)收:浅的车厢。

2　楘(mù):用皮革缠在车辕成 X 形,起加固和修饰作用。梁辀(zhōu):弯曲的车辕。

3　游环:活动的环,古时车前四马连在一起就用游环结在马颈套上,用其贯穿两旁骖马的外辔。胁驱:中间两服马外的绳索,前系在勾衡上,后栓在车轸上,以阻止骖马入辕中。因在服马外胁(傍),故曰"胁驱"。

4　靷(yìn):引车前行的皮带或绳索。鋈(wù):白铜环;续:连续。鋈续:以白铜镀的环紧紧扣住皮带。

5　文:花纹。茵:坐垫。文茵:指车中有花纹的坐具。毂

(gǔ):车轮中心的圆木,中有圆孔,用以插轴。畅毂:长毂。

6　骐:青黑色如棋盘格子纹的马。驉(zhù):左后蹄白或四蹄皆白的马。

7　言:乃。君子:指从军的丈夫。

8　温其如玉:女子形容丈夫性情温润如玉。

9　板屋:用木板建造的房屋。秦国多林,故以木房为多,此处代指西戎(今甘肃一带)。

10　心曲:心灵深处。

11　牡:公马。孔:甚。阜:肥大。

12　辔:缰绳。一车四马,内二马各一辔,外二马各二辔,共六辔。

13　駵(liú):同"骝",赤身黑鬣的马。这句诗是说:青黑色如棋盘格子纹的马和赤身黑鬣的马在中间驾辕。

14　骐(guā):黄马黑嘴。骊:黑马。骖:车辕外侧二马称骖。这句诗是说:黄色黑嘴的马和纯黑色的马在两侧拉车。

15　龙盾:画有龙纹的盾牌。合:两只盾合挂于车上。

16　觼(jué):有舌的环。軜(nà):内侧二马的辔绳,以舌穿过皮带,使骖马内辔绳固定。

17　邑:国都的郊区。

18　方:将。期:指归期。

19 胡然：为什么。

20 俴（jiàn）驷（sì）：披薄金甲的四马。孔群：群马很协调。

21 厹（qiú）矛：有三棱锋刃的长矛。镦（duì）：矛柄下端的
金属套。

22 蒙：绘有杂乱的羽纹。伐：盾。苑：花纹。

23 韔（chàng）：弓囊。虎韔：虎皮做的弓囊。镂膺：金属饰
的马带。

24 交：互相交错。韔：此处用作动词，作"藏"讲。交韔二
弓：两张弓，一弓向左，一弓向右，交错放在袋中。

25 闭：弓檠，竹制，弓卸弦后缚在弓里防损伤的用具。绳：通
"捆"。縢：绳索。

26 载寝载兴：且睡且醒，起卧不宁。

27 厌厌：安静柔和的样子。良人：女子对丈夫的称谓。

28 秩秩：聪明多智；一说懂礼节，有礼貌。德音：好声誉。

蒹　葭

蒹葭苍苍[1]，白露为霜[2]。所谓伊人[3]，在水一方。溯洄从之[4]，道阻且长。溯游从之[5]，宛在水中央[6]。

蒹葭萋萋[7]，白露未晞[8]。所谓伊人，在水之湄[9]。溯洄从之，道阻且跻[10]。溯游从之，宛在水中坻[11]。

蒹葭采采[12]，白露未已[13]。所谓伊人，在水之涘[14]。溯洄从之，道阻且右[15]。溯游从之，宛在水中沚[16]。

这是一首抒发思慕、追求意中人而不得的诗。诗歌描绘的情景，好比中国的山水画。在寂寥清秋的早晨，秋水如练、白露为霜，诗中主人公在芦苇丛生的岸边张望，他所思慕的"伊人"既若有若无，又宛然在目。

诗中主人公不畏路途艰难险峻、迂回曲折，一会儿逆流而上，一会儿顺流而下，穷追不舍。而伊人却一会儿在水中央、一会儿在水滩、一会儿在水边，可望而不可即，缥缈而又神秘。无论怎样求索，"伊人"终不可得。诗用写景来言情，极尽缠绵旷远，有一种可思不可言的深沉感慨。

　　读这首诗时,许多人提问:"伊人"是谁呢?是男还是女?诗中写的是现实,还是想象?而这一切,在诗中是没有答案的。《毛诗》郑笺说"伊人"指懂得周礼的贤人;又有人说是汉水神女;今人又都以为这个"伊人"指的是恋人。可以说,《蒹葭》之美,就是这些问号之美。有一千个读者,就可以有一千位"伊人"。

1　蒹(jiān)葭(jiā):芦苇。苍苍:茂盛的样子。

2　白露:深秋季节露水呈现白色,故称"白露"。为霜:凝结成霜。

3　伊人:那个人。

4　溯洄:沿着曲折的水边逆流而上。从:追寻。

5　溯游:顺流而下。

6　宛:好像。中央:中间。

7　萋萋:茂盛的样子。

8　晞(xī):晒干。

9　湄:岸边。

10　跻(jī):本义为登高,这里的意思是地势越来越高,行走费力。

11　坻(chí):水中的小沙洲。

12　采采:茂盛的样子。

13　已：止，干。

14　涘（sì）：水边。

15　右：弯曲，迂回。

16　沚（zhǐ）：水中的小块陆地。

黄　鸟

交交黄鸟[1]，止于棘[2]。谁从穆公[3]？子车奄息[4]。维此奄息，百夫之特[5]。临其穴[6]，惴惴其栗。彼苍者天[7]，歼我良人[8]！如可赎兮，人百其身[9]！

交交黄鸟，止于桑[10]。谁从穆公？子车仲行。维此仲行，百夫之防[11]。临其穴，惴惴其栗。彼苍者天，歼我良人！如可赎兮，人百其身！

交交黄鸟，止于楚[12]。谁从穆公？子车针虎。维此针虎，百夫之御。临其穴，惴惴其栗。彼苍者天，歼我良人！如可赎兮，人百其身！

──这是讽刺秦穆公以人殉葬，痛悼"三良"的挽诗。据《史记·秦本纪》记载，随秦穆公殉葬的除了子车三兄弟外，还有其他人，加起来共有一百七十七人之多。一个人的死亡竟要这么多无辜的生命陪葬，就因为他是高高在上的君王。子车三兄弟由于才干的杰出，有人为之不平，那其他的生命难道就该如此被掠夺？本诗在艺术上的主要特点，是双关语的运用，增强了凄惨悲凉气氛,渲染了以人为殉的惨象,从而控诉了人殉制的罪恶。

1　交交:拟声词,鸟鸣声。黄鸟:即黄雀。

2　止:栖息。棘:酸枣树,枝上多刺,果小味酸。

3　从:从死,即殉葬。穆公:春秋时秦国国君,姓嬴,名任好。

4　子车:复姓。奄息:人名。下文子车仲行、子车鍼(qián)虎同此。

5　特:匹敌,指杰出的人才。这句诗是说:奄息一个人可以抵得过一百个人。

6　临:到。穴:墓穴。

7　彼苍者天:悲哀至极的呼号之语,犹今语"老天爷啊"。

8　歼:消灭,杀尽。良人:好人。诗人以子车氏三子为本国的良士,所以称为"我良人"。这里合三子而言,所以说"歼"。

9　人:这里是指每人。百其身:谓百倍其身。人百其身:犹言用一百个人赎子车兄弟一命。

10　桑:桑树。桑之言"丧",双关语。

11　防:同"方",比拟。百夫之防:犹"百夫之特"。

12　楚:荆树。楚之言"痛楚",亦为双关。

无　衣

　　岂曰无衣？与子同袍[1]。王于兴师[2]，修我戈矛[3]，与子同仇[4]。

　　岂曰无衣？与子同泽[5]。王于兴师，修我矛戟[6]，与子偕作。

　　岂曰无衣？与子同裳[7]。王于兴师，修我甲兵[8]，与子偕行。

　　这是一首战士备战的诗，是《诗经》中最为著名的爱国主义诗篇，表现了秦人英勇无畏的尚武精神。诗每章的首二句，都以设为问答的句式、豪迈的语气，分别写"同袍""同泽""同裳"，表现战士们克服困难、团结互助的情景和奋起从军、慷慨自助的精神。每章第三、四句，先后写"修我戈矛""修我矛戟""修我甲兵"，表现战士们齐心备战的情景。每章最后一句，写"同仇""偕作""偕行"，表现战士们的爱国感情和大无畏精神。诗在铺陈复唱中，直接表现战士们共同对敌、奔赴战场的高昂情绪，一层更进一层地揭示战士们崇高的内心世界。

1　袍：古代男人外罩的长衣，行军者日以当衣，夜以当被。

"同袍"是友爱之辞。

2　王：指周王，秦国出兵以周天子之命为号召。于：语助词。兴师：出兵。

3　戈、矛：都是长柄的兵器，戈平头而旁有枝，矛头尖锐。

4　仇：敌人；一说仇，匹也。

5　泽：通"襗"，贴身的内衣，如今之汗衫；一说为裤子。

6　戟(jǐ)：是一种的古代兵器，实际上戟是戈和矛的合成体，既有直刃又有横刃，呈"十"字或"卜"字形。

7　裳：下衣，此指战裙。

8　甲兵：盔甲和武器，这里是兵器的总称。

陈　风

宛　丘

子之汤兮[1]，宛丘之上兮[2]。洵有情兮[3]，而无望兮[4]。

坎其击鼓[5]，宛丘之下。无冬无夏[6]，值其鹭羽[7]。

坎其击缶[8]，宛丘之道。无冬无夏，值其鹭翿[9]。

———　宛丘是陈国都城外的一块高地，那是陈国人常常去休闲娱乐的地方。在宛丘之上跳舞的是一位美丽的女巫。无论是冬天还是夏天，她一年四季手里都拿着羽毛，在鼓和缶等乐器的伴奏下跳着欢快的舞蹈。在欢腾热闹的鼓声、缶声中，巫女不断地旋舞着，从宛丘山上坡顶舞到山下道口，从寒冬舞到炎夏；空间改变了，时间改变了，她的舞蹈却没有改变，仍是那么神采飞扬，那么热烈奔放，深具难以抑制的野性之美。

这女巫是一位大众情人，诗的作者非常爱慕她："洵有情兮，而无望兮"——虽然特别地爱她，却清醒地明白，这种爱是不会有结果的。值得注意的，是诗中的四个语气词"兮"，看似寻常,却深深流露出诗人不能自禁的爱恋之情和幽怨之意。

1　子:你,这里指女巫。汤:同"荡",游荡,放荡,指舞姿自由奔放。

2　宛丘:地名,四周高中间平坦的土山。

3　洵:确实,实在。有情:尽情欢乐。情:一说为爱情

4　望:希望;一说德望。

5　坎:拟声词,击鼓声;一说有节奏的样子。

6　无:不管,不论。

7　值:持;一说同"植",树立。鹭羽:用白鹭羽毛做成的舞蹈道具。

8　缶(fǒu):瓦盆,可敲击发声,古人常把它当乐器敲打。

9　翿(dào):鹭鸶羽毛编成的伞形舞蹈道具。

衡　门

衡门之下[1]，可以栖迟[2]。泌之洋洋[3]，可以乐饥[4]？

岂其食鱼[5]，必河之鲂[6]？岂其取妻，必齐之姜[7]？

岂其食鱼，必河之鲤？岂其取妻，必宋之子[8]？

———

该诗描写隐居自乐的生活，甘于贫贱，不慕富贵。"衡门"是用一根横木做的简单门梁，在这样简陋的门梁下，就已经可以栖居；汩汩流淌的泉水，喝一点，就能果腹。"衡门栖迟"，后来成为一个成语，表明对物质生活上要求很少，只追求精神的自在快乐；"泌水乐饥"，也成为安贫乐道的著名典故。

诗中接着说：难道我们吃鱼，非得吃黄河里的鲂鱼和鲤鱼？难道我们娶妻，非得要娶齐国的姜姓女孩和宋国的子姓姑娘？言外之意是，他与眼前的女子情感甚笃，希望娶她为妻！本诗虽然短小、简单，但表现了先秦陈地百姓自由、淳朴的生活态度与爱情观。

———

1　衡门：衡，通"横"，横木为门，简陋的门。

2　栖迟：栖息，安身。

3　泌（bì）：涌出的泉水；一说为泌丘下的水。洋洋：水盛的样子。

4　乐：通"疗"，治疗。乐饥：解除饥饿。

5　岂：难道。

6　河：黄河。鲂：鳊鱼，黄河鳊鱼肥美，很名贵，寓意异性。

7　齐之姜：齐国的姜姓美女。姜姓在齐国为贵族，且齐国多出美女，故齐姜就成了当时美女的代名词。

8　宋之子：宋国的子姓女子。子姓在宋国为贵族，且多出美女。齐之姜、宋之子，这里都是指当时闻名遐迩的大家闺秀。

月　出

　　月出皎兮[1]，佼人僚兮[2]。舒窈纠兮[3]，劳心悄兮[4]。

　　月出皓兮，佼人懰兮[5]。舒忧受兮，劳心慅兮[6]。

　　月出照兮[7]，佼人燎兮[8]。舒夭绍兮，劳心惨兮[9]。

　　　这是一首月下怀人的诗。用明月比喻心爱姑娘的美丽，在我国文学史上，《月出》可算是最早的一篇了。皎洁的明月，辉映着诗人心目中的女神，赋予她嫦娥仙子般动人的美色。月光和美人交相映衬，使女子的容色之美与体态之美，融入朦胧月色之中，给"佼人"增加了一层神秘感。

　　唯有月光和美人，可以相映成辉；也唯有美人与月光，可以相得益彰。诗中用来形容美女体态的"窈纠""忧受""夭绍"，都是声母或韵母相同的连绵词，读起来有一种朦朦胧胧、缠缠绵绵的特殊美感。其实，这些词意的细微差异，在现代汉语中已很难说清了，我们只能根据全诗的意境和情调去心领神会。这也恰巧可以发挥我们的想象，填补时间流逝所造成的语义真空。诗中用来描写"佼人"的文字，全是抽象的，并

不是具体的画像。"佼人"的眉目,并不清晰;但其美丽却是
如明月一样光耀千古。

1　皎:月光洁白明亮的样子。

2　佼(jiǎo):同"姣",漂亮,美好。"佼人":即美人。僚:通
"嫽",娇美的样子。

3　舒:舒缓,指从容娴雅。窈(yǎo)纠(jiǎo):与第二、三章
的"忧受""夭绍",皆形容女子行走时体态的优美、轻盈。

4　劳心:忧心。悄:忧愁的样子。

5　懰(liǔ):妩媚,妖冶,艳丽。

6　慅(cǎo):忧愁,心神不安。

7　照:同"昭",照耀(大地)。

8　燎:姣美的样子。

9　惨:"懆"字之讹,通"躁",焦躁的样子;一说为忧愁不安的
样子。

株　林

　　胡为乎株林¹？从夏南²！匪适株林，从夏
南！

　　驾我乘马³，说于株野⁴。乘我乘驹⁵，朝食
于株⁶。

　　诗人用委婉含蓄之笔，讽刺陈灵公与夏姬淫乱之事。传
统《诗经》学多认为，《株林》是《诗经》三百篇中产生时间最
晚的一首诗。诗以设问方式故意提出疑问，暗中影射陈灵公
君臣并不是去寻找夏南，而去寻找夏南的母亲夏姬，意在言
外，耐人寻味。陈国的老百姓当然知道他们的丑事，却故作不
知地开玩笑：他们到株林干什么去呢？旁边的人答：是去找
夏南吧。大家一起会心一笑：他们真的不是去株林，真的是
去找夏南了。

　　《株林》一诗虽短，却在笑语中力透纸背！这样的讽刺笔
墨，实在胜于义愤填膺的直揭，其锋芒，简直能透入这班衣冠
禽兽的灵魂！

　　1　胡为：为什么。株：陈国邑名，为陈国大夫夏徵舒的食邑，
在今河南西华县夏亭镇北。林：郊野。

2　从 : 跟从，此指找人。夏南 : 即夏徵舒（字子南），其母夏姬与陈国国君陈灵公，以及大夫孔宁、仪行父等私通。

3　乘（shèng）马 : 四匹马。古以一车四马为一乘。

4　说 : 通"税"，停车解马。株野 : 株邑之郊野。

5　乘（chéng）我乘（shèng）驹 : 马高五尺以上、六尺以下称"驹"，大夫所乘 ; 马高六尺以上称"马"，诸侯国君所乘。此诗中"乘马"者指陈灵公，"乘驹"者指陈灵公之臣孔宁、仪行父。

6　朝食 : 吃早饭。闻一多以为是通淫的隐语。

桧　风

隰有苌楚

　　隰有苌楚[1]，猗傩其枝[2]。天之沃沃[3]，乐子之无知。

　　隰有苌楚，猗傩其华[4]。天之沃沃，乐子之无家[5]。

　　隰有苌楚，猗傩其实。天之沃沃，乐子之无室。

　　《诗经》时代的人们在生活中有无数香气馥郁、清新秀丽的草木相伴，让今天的我们艳羡。这些植物，或被先民们拿在手中，送给情人；或被男女相互调情时投掷；或是青年男女的约会所在。一株普通的花，一棵不起眼的草，一片平凡的树林，都因为先民们的喜怒哀乐生动了起来，至今仍活在《诗经》中，千年不枯。

　　本诗的主人公眼见洼地上羊桃枝叶柔美多姿，随风摇曳，开花结果，生机蓬勃，不觉心有所动，联想到自己的遭际，心情一下子沉重起来。在这里，人与物的界线仿佛突然消失了，诗人羡慕羊桃那样无忧无虑地快乐生长，这样就可以免去尘世的烦恼和生活的忧虑。植物与人,完全融为一体了!

1　隰(xí):低湿的地方。苌(cháng)楚:藤科植物,又称羊桃。

2　猗(ē)傩(nuó):同"婀娜",柔媚的样子。

3　夭:少好,嫩美。沃沃:少嫩漂亮的样子。

4　华:花。

5　家:与下章"室"皆谓婚配。《左传·桓公十八年》云:"女有家,男有室。""无家""无室":指没有成家,没有家庭拖累。

匪　风

匪风发兮[1]，匪车偈兮[2]。顾瞻周道[3]，中心怛兮[4]。

匪风飘兮，匪车嘌兮[5]。顾瞻周道，中心吊兮[6]。

谁能亨鱼[7]？溉之釜鬵[8]。谁将西归？怀之好音。

——

这是一首游子思乡的诗。诗人看到官道上车马疾驰、风起扬尘时，不禁发出"顾瞻周道，中心怛兮"的忧虑。他希望政治清明，社会安定，人民安居乐业，国家文明昌盛，可是看看眼前的国势，衰微幽暗，心中不胜悲悼。诗中特意点出"周道"，是以堂皇的"大道"比喻自己思念的西周初期的太平盛世，于是唱出了这首歌，希望能回到西周的太平盛世去。诗人不说自己如何思乡殷切，羁旅愁苦，反以"好音"以慰亲友，情感至为深厚。

——

1　匪：通"彼"，那。发(bō)：拟声词，风吹的声音。

2　偈(jié)：疾驰的样子。这句诗是说：那大车快快地跑啊！

3　顾：回头看。瞻：往远或往高看。周道：大道；一说通往周朝京城去的大道。

4　中心：即心中，内心。怛（dá）：痛苦，悲伤。

5　嘌（piào）：轻快、飘摇的样子。

6　吊：悲伤。

7　亨：通"烹"，烹调。

8　溉：洗涤。釜：锅子。鬵（xín）：大锅。

曹　风

蜉　蝣

蜉蝣之羽[1]，衣裳楚楚[2]。心之忧矣，于我归处[3]？

蜉蝣之翼，采采衣服[4]。心之忧矣，于我归息？

蜉蝣掘阅[5]，麻衣如雪[6]。心之忧矣，于我归说[7]？

这是一首慨叹人生短促的诗。诗的内容简单，结构更是单纯，却有很强的表现力。变化不多的诗句，经过三个层次的反复以后，给人的感染是浓重的：蜉蝣的生命这样美丽，却又这样短暂，诗人难免要见之怦然心动："蜉蝣之羽，衣裳楚楚""蜉蝣之翼，采采衣服"，蜉蝣的羽翼就像女子的衣裙，若轻云舒卷，如弱柳拂风，华美到无极。

然而，目击着美，诗人却兴起一种惆怅的情感，由此联想到了人生。诗中反复咏唱"心之忧矣，于我归处""心之忧矣，于我归息""心之忧矣，于我归说"：我的心如此忧虑——人生的精彩正如蜉蝣飞舞时的美丽一样，转瞬即逝。诗人已经认识到人生的归宿，与蜉蝣的归宿在本质上是同一的，都不可逃避死亡的规律！

1　蜉蝣：一种昆虫，亦作浮游、蜉蝤，成虫寿命短暂，只有几个小时，故古人常用以比喻人生之短暂。羽：翅膀，蜉蝣之羽薄而有光泽。

2　楚楚：鲜明整洁的样子。

3　于我归处：哪里才是我归宿的地方啊？

4　采采：光洁华美的样子。

5　阅：通"穴"。掘阅：挖穴而出。

6　麻衣：古代诸侯、大夫等统治阶级的日常衣服，用白麻皮缝制，这里指蜉蝣的白羽。

7　说：通"税"，止息，居住。

豳　风

七　月

七月流火[1]，九月授衣[2]。一之日觱发[3]，二之日栗烈[4]。无衣无褐[5]，何以卒岁[6]？三之日于耜[7]，四之日举趾[8]。同我妇子，馌彼南亩[9]，田畯至喜[10]。

七月流火，九月授衣。春日载阳[11]，有鸣仓庚[12]。女执懿筐[13]，遵彼微行[14]，爰求柔桑。春日迟迟，采蘩祁祁[15]。女心伤悲，殆及公子同归[16]。

七月流火，八月萑苇[17]。蚕月条桑[18]，取彼斧斨[19]，以伐远扬[20]，猗彼女桑[21]。七月鸣鵙[22]，八月载绩[23]。载玄载黄，我朱孔阳[24]，为公子裳。

四月秀葽[25]，五月鸣蜩[26]。八月其获，十月陨萚[27]。一之日于貉，取彼狐狸，为公子裘。二之日其同[28]，载缵武功[29]。言私其豵[30]，献豜于公[31]。

五月斯螽动股[32]，六月莎鸡振羽[33]。七月
在野，八月在宇，九月在户，十月蟋蟀入我
床下。穹窒熏鼠[34]，塞向墐户[35]。嗟我妇子，
曰为改岁[36]，入此室处。

六月食郁及薁[37]，七月亨葵及菽[38]。八月
剥枣[39]，十月获稻，为此春酒，以介眉寿[40]。
七月食瓜，八月断壶[41]，九月叔苴，采荼薪
樗[42]，食我农夫。

九月筑场圃，十月纳禾稼。黍稷重穋[43]，
禾麻菽麦。嗟我农夫，我稼既同，上入执宫
功[44]。昼尔于茅[45]，宵尔索绹[46]。亟其乘屋[47]，
其始播百谷。

二之日凿冰冲冲[48]，三之日纳于凌阴[49]。四
之日其蚤[50]，献羔祭韭。九月肃霜[51]，十月涤
场[52]。朋酒斯飨[53]，曰杀羔羊。跻彼公堂[54]，称
彼兕觥[55]，万寿无疆。

　　这是一首农事诗，描绘了农民一年四季的劳动过程和生
活情况。该诗是《国风》中最长的一首，全诗共八章，八十八句，
三百八十三字。诗以劳动者的四时劳动生活为主线，展示了西
周广阔的社会风俗画卷，遍及人们生活的方方面面，可以说是上

古农业社会的一个缩影。这些描写加上虫鸟形态、草木枯荣等内容,不仅涉及天文历法、农事民俗,而且与国家典章制度有关,真可谓一部微型的百科全书。《七月》还运用了大量的季节农谚,写出了每个月的劳动项目和季节气候,是周代遗留下来的一篇总结农事经验的诗歌,具有很高的历史文献价值。

中国古代诗歌一向以抒情诗为主,叙事诗较少。这首诗却以叙事为主,在叙事中写景抒情,形象鲜明,诗意浓郁。通过诗中人物娓娓动听的叙述,又真实地展示了当时的劳动场面、生活图景和各种人物的面貌,以及农夫与公家的相互关系,堪称一幅全面的周代社会风俗画卷。

1　流:落下。火:星名,大火星。周朝时六月,此星当正南方,七月过后即偏西,天气开始变凉爽,故称"七月流火"。

2　授衣:让妇女缝制冬衣。

3　一之日:周历一月,即夏历的十一月。以下类推。觱(bì)发(bō):寒风吹起。

4　栗烈:寒气袭人。

5　褐(hè):粗布衣服。

6　卒岁:终岁,年底。

7　于:为,修理。耜(sì):古代的一种翻土农具。

8　举趾:抬足,这里指下地种田。

9　馌(yè)：往田里送饭。南亩：南边的田地，为当时的公田。

10　田畯(jùn)：管理公田的农官；一说是田神。喜：欢喜；一说喜当作"饎"，即酒食。

11　载：开始。阳：天气暖和。

12　有：语助词。仓庚：即鸧鹒，黄鹂鸟。

13　执：拿。懿：深的样子。懿筐：深筐。

14　遵：沿着。微行：小路，指田间小路。

15　蘩：白蒿。祁祁：人多的样子。

16　公子：指国君之子。殆及公子同归：是说怕被公子强迫带回家去；一说指怕被女公子带去陪嫁。归：出嫁。

17　萑(huán)苇：芦苇成熟，在这里作动词用，收割芦苇。

18　蚕月：养蚕的月份，即夏历三月。条：修剪。

19　斧斨(qiāng)：装柄处圆孔的叫斧，方孔的叫斨。

20　伐：砍。远扬：向上长的长枝条。

21　猗(yī)：同"掎"，用绳子牵引、拉住。女桑：柔嫩的桑树枝。

22　鵙(jú)：伯劳鸟，叫声响亮。

23　绩：织麻布。

24　朱：红色。孔阳：很鲜艳。

25　秀：草木结籽。葽(yāo)：草名，即远志，味苦，可入药。

26 蜩(tiáo)：蝉，知了。

27 陨：落下。萚(tuò)：枝叶脱落。

28 同：会合，指聚众狩猎

29 缵(zuǎn)：继续。武功：练武，这里指打猎。

30 豵(zōng)：一岁的野猪，文中泛指小野兽。

31 豜(jiān)：三岁的野猪，文中泛指大野兽。

32 斯螽(zhōng)：蝈蝈。动股：鸣叫，蝈蝈鸣叫时要弹动腿。

33 莎(suō)鸡：虫名，有天鸡、酸鸡、红娘子等，即纺织娘。
振羽：纺织娘鸣叫是振动翅膀而发出的声音。

34 穹(qióng)：空隙。窒(zhì)：塞住。穹窒：即堵塞鼠洞。

35 向：朝北的窗户。墐：用泥涂抹。

36 改岁：改换一年，即过年。

37 郁：郁李，味甜。薁(yù)：野葡萄。

38 亨：烹。葵：滑菜。菽：豆类。

39 剥：敲击，打。

40 介：祈求。眉寿：长寿。

41 壶：同"瓠"，葫芦，嫩时可食。

42 叔：拾取。苴(jū)：秋麻籽，可吃。荼(tú)：苦菜。薪：此
处指砍柴。樗(chū)：臭椿树。

43 重：同"穜"，晚熟作物。穋(lù)：早熟作物。

44 上：同"尚"。宫功：修建宫室。

45　于茅:割取茅草。

46　索:搓。绹(táo):绳子。

47　亟:急忙。乘屋:爬上房顶去修理。

48　冲冲:拟声词,用力敲冰的声音。

49　凌阴:地窖,作冰室。

50　蚤:同"早",即清晨;一说是一种祭祖仪式,每年夏历二
月举行。

51　肃霜:降霜。

52　涤场:打扫场院。

53　朋酒:两樽酒为朋。飨(xiǎng):用酒食招待客人。

54　跻(jī);登上。公堂:庙堂。

55　称:举起。兕(sì)觥(gōng):古时的酒器,即兕角酒杯。

东　山

　　我徂东山[1]，慆慆不归[2]。我来自东[3]，零雨其濛[4]。我东曰归，我心西悲[5]。制彼裳衣，勿士行枚[6]。蜎蜎者蠋[7]，烝在桑野[8]。敦彼独宿[9]，亦在车下。

　　我徂东山，慆慆不归。我来自东，零雨其濛。果臝之实[10]，亦施于宇。伊威在室[11]，蟏蛸在户[12]，町畽鹿场[13]，熠耀宵行[14]。不可畏也，伊可怀也。

　　我徂东山，慆慆不归。我来自东，零雨其濛。鹳鸣于垤[15]，妇叹于室。洒扫穹窒，我征聿至[16]。有敦瓜苦[17]，烝在栗薪[18]。自我不见，于今三年。

　　我徂东山，慆慆不归。我来自东，零雨其濛。仓庚于飞[19]，熠耀其羽。之子于归，皇驳其马[20]。亲结其缡[21]，九十其仪。其新孔嘉[22]，其旧如之何？

────

　　这是一首征人还乡之歌。写一个出征在外的将士对家乡的思念，在归来的途中，遇到淫雨天气，倍感凄迷，为每章后面几句的叙事准备了一个颇富感染力的背景。

诗人首先抓住着装的改变这一细节,写战士复员、解甲归田之喜,反映了人民对战争的厌倦,对和平生活的渴望。其次写归途餐风宿露、夜住晓行的辛苦。他很想自己的妻子,最怀念两人的新婚时光,诗中回忆结婚时的细节,说两个人结婚时拉车的马个个漂亮,都是颜色特别的高头大马,这在当时是非常有派头的。"亲结其缡",母亲亲手为女儿系上佩巾,祝福女儿将来做个贤妻良母。

新婚的仪式是十分烦琐的,"九十其仪",但正因为这烦琐的仪式,在漫长的人生中,当你困苦不顺时,才会有甜蜜的回忆。此诗最大的艺术特色是丰富的联想,诗中有再现、追忆式的想象,也有幻想、推理式的想象,表现了士兵对家乡的热爱和对亲人的思念。

——

1　徂(cú):往,到。东山:指出征之地;或谓即今山东蒙山,在今山东蒙阴南。

2　慆(tāo)慆:形容时间长久。

3　来自东:从东山回来。

4　零雨:小雨,细雨。濛:细雨貌。

5　"我东"二句:我在东山征战时听说要回家,想起西方的家乡忍不住满心伤悲。

6　行枚：行军时衔在口中以保证不出声的竹棍。勿士行枚：不用行军衔枚，意思是不再从事行军打仗之事。

7　蜎（yuān）蜎：蠕动的样子。蠋（zhú）：毛虫。

8　烝：乃；一说为"久"。

9　敦：蜷缩成一团。

10　果臝：蔓生葫芦科。

11　伊威：虫名，又名鼠妇，多生于潮湿之地。

12　蟏（xiāo）蛸（shāo）：长脚蜘蛛。

13　町（tǐng）畽（tuǎn）：野外。

14　熠（yì）耀：萤光。宵行：萤火虫。

15　鹳（guàn）：鸟名，似鹤，俗名老鹳；或以为喜鹊。垤（dié）：土堆。

16　我征：我的征人，指女子的丈夫。聿：语气助词，有将要的含义。这句是征夫的想象之辞，想象妻子正在家期盼他回来。

17　瓜苦：即瓜瓠，一种葫芦。古代婚礼上剖瓠瓜成两张瓢，夫妇各执一瓢盛酒喝。

18　栗薪：即列薪，用树枝搭起的木架，因其有组织排列，故为"栗薪"。

19　仓庚：黄鹂。

20　皇：黄白色。一说通"黄"。驳：一般认为是赤白色。一说为杂色。

21　亲:此指女方的母亲。缡(lí):蔽膝,古代妇女的佩巾,出嫁时由母亲亲手给女儿系在腰间。

22　新:指新婚。孔嘉:极好,旧时指已婚者。

伐　柯

　　伐柯如何¹？匪斧不克²。取妻如何³？匪媒
不得。

　　伐柯伐柯，其则不远⁴。我觏之子⁵，笾豆
有践⁶。

　　这首诗中诗人以伐柯比喻娶妻。诗以砍削木头作斧柄必
须用斧子起兴，形象地说明娶妻一定要通过媒人。这"兴"不
离手边农具与身边草木，格调自然质朴，字里行间充满了深厚
浓郁的伦理情怀。后世因此将媒人称作"伐柯人"，将提亲称
作"伐柯"，将作媒称作"执柯"。

　　诗中引申意义最丰的是"伐柯伐柯，其则不远"一句：男
人找到一个好媳妇，就如斧头要安上一个合适的斧柄，都是有
一定的程序的，没有媒人在其中牵线怎么行？这充分体现了
《诗经》时代对婚姻家庭的重视。

1　伐：砍。柯：斧头柄。伐柯：采伐用作斧头柄的木料。

2　匪：同"非"。克：能。

3　取：通"娶"。

4　则：原则，规格，此处指按一定方法才能砍伐到斧子柄。

5　遘（gòu）：通"觏"，遇见。这句诗是说：我看见了那个人。一说通"媾"，指婚媾。

6　笾（biān）：祭祀和宴会时盛果品的竹制食器，也用作礼器。豆：盛放肉、腌制食物、酱类等的食器，有陶制、木制、青铜制的，形似高脚盘。有践：犹言"践践"，陈列整齐的样子。在古时家庭或社会举办盛大喜庆活动时，用笾、豆等器皿，放满食品，整齐地排列于活动场所，叫做"笾豆有践"。这里指迎亲礼仪有条不紊。

小　雅

鹿　鸣

　　呦呦鹿鸣[1]，食野之苹[2]。我有嘉宾，鼓瑟吹笙。吹笙鼓簧[3]，承筐是将[4]。人之好我，示我周行[5]。

　　呦呦鹿鸣，食野之蒿[6]。我有嘉宾，德音孔昭[7]。视民不恌[8]，君子是则是效[9]。我有旨酒[10]，嘉宾式燕以敖[11]。

　　呦呦鹿鸣，食野之芩[12]。我有嘉宾，鼓瑟鼓琴。鼓瑟鼓琴，和乐且湛[13]。我有旨酒，以燕乐嘉宾之心。

—

　　这是一首贵族宴会宾客的乐歌，全诗洋溢着一派欢乐的气氛，有太平盛世景象。

　　写宴饮的诗篇在"二雅"中占有很大的比例，凸显了周人的礼乐精神。《诗经》中的宴饮诗所歌颂的，不是花天酒地、纵情享乐的生活，而是谦恭揖让、从容守礼的道德风范，以及宾主之间和谐融洽的关系。《鹿鸣》的开头以呦呦的鹿鸣起兴，十分和谐悦耳，营造了一个热烈而又和谐的氛围。如果是君臣之间的宴会,那种本已存在的拘谨和紧张的关系,马上就会宽松下来。

　　诗中的人物是那样的温文尔雅,人与人之间的关系是那样的和谐融洽,本来森严的等级,早已沉浸在宁静与和平之中,从而把人际关系和人情味,表现得更加富于诗的魅力。

1　呦(yōu)呦:鹿的叫声。

2　苹:藾蒿,叶青色,茎似箸而轻脆,始生香,可生食。

3　簧:笙中的簧片。笙是用几根有簧片的竹管、一根吹气管装在斗子上做成的。

4　承筐:指奉上礼品。将:送,献。

5　周行(háng):大道,引申为大道理。

6　蒿:又叫青蒿、香蒿,菊科植物。

7　德音:善言,或云美好的品德声誉。孔:很。昭:明。

8　视:同"示"。恌(tiāo):同"佻",轻佻。这句的意思是:给人民做榜样不要轻浮、轻佻。

9　则:法则,楷模,在这作动词。效:效法。

10　旨:甘美。

11　式:语助词。燕:同"宴",宴饮;或以为安乐。敖:同"遨",嬉游。

12 芩（qín）:草名,蒿类植物,蔓生于沼泽洼地。

13 湛（dān）:过度喜乐。

采　薇

采薇采薇[1]，薇亦作止[2]。曰归曰归[3]，岁亦莫止[4]。靡室靡家[5]，猃狁之故[6]。不遑启居[7]，猃狁之故。

采薇采薇，薇亦柔止[8]。曰归曰归，心亦忧止。忧心烈烈[9]，载饥载渴[10]。我戍未定[11]，靡使归聘[12]。

采薇采薇，薇亦刚止[13]。曰归曰归，岁亦阳止[14]。王事靡盬[15]，不遑启处[16]。忧心孔疚[17]，我行不来[18]！

彼尔维何[19]？维常之华[20]。彼路斯何[21]？君子之车[22]。戎车既驾[23]，四牡业业[24]。岂敢定居？一月三捷[25]。

驾彼四牡，四牡骙骙[26]。君子所依[27]，小人所腓[28]。四牡翼翼[29]，象弭鱼服[30]。岂不日戒[31]？猃狁孔棘[32]！

昔我往矣[33]，杨柳依依[34]。今我来思[35]，雨雪霏霏[36]。行道迟迟[37]，载渴载饥。我心伤悲，莫知我哀！

　　这是一位戍边的士兵于归途中所作的诗。"昔我往矣,杨柳依依。今我来思,雨雪霏霏"这句诗,从古到今都深受读者喜爱,充满了浪漫情怀。可是,这美好的诗句,竟是出自残忍的战争诗《采薇》。

　　诗写战争,不是从"与子同袍"的万丈豪情写起,起笔却从怀家开始。从薇菜刚刚发芽就开始说起要回家,转眼一年到了头,诗人却还在征途中。"靡室靡家,猃狁之故。不遑启居,猃狁之故",以十分平淡的语句交代了不能回家的理由,平淡的语言背后是怎样的仇恨、厌恶和无奈,却是需要我们用心品读的。

　　"曰归曰归,心亦忧止。忧心烈烈,载饥载渴。"一边是内心的折磨,一边是身体的折磨,让人对战争不得不有一种深切的厌恶,勾起对温馨宁静家园的无限向往。望着慢慢老去的薇菜,诗人不停地念叨着回家,本来逼近的回家,却因为王事的多变而遥遥无期,诗人的思家之情愈发浓烈,开始"忧心孔疚"了,那是有如病魔折磨的忧痛。每每读到这首诗,最能打动人心就是最后一句"我心伤悲,莫知我哀",诗人所有的情感都浓缩在这里面。《采薇》可称为千古厌战诗的鼻祖,是描写戍卒复杂、矛盾心理活动的杰作。

1　薇：野生的豌豆苗。

2　作：冒出地面，新长出来。止：语助词。这句诗是说：薇菜长出来了。

3　曰：说；一说为语助词，无实义。归：回家。

4　莫：同"暮"，年终。

5　靡：无。

6　猃（xiǎn）狁（yǔn）：我国古代北方少数民族，春秋时代亦称北狄，战国、秦、汉称匈奴。

7　遑：闲暇。启：古代人的跪坐。居：安坐。启居：指休整。

8　柔：柔弱，柔嫩。

9　烈烈：原形容火势很大，此处形容忧心如焚的样子。

10　载：语助词，又。

11　戍：驻守。定：安定。

12　使：传达消息的人。靡使：没有捎信的人。聘：探问，问候。归聘：带回问候。

13　刚：指薇菜由嫩而老，变得粗硬。

14　阳：指夏历十月。

15　王事：指征役。盬（gǔ）：休止。王事靡盬：官家的差役没有完的时候。

16　启处：与"启居"同义。

17　孔：很，非常。疚：痛苦。孔疚：非常痛苦。

18　来：回家。不来：不归。

19　尔：同"薾"，花盛开的样子。维：语助词。这句诗是说：那开得很茂盛的是什么？

20　常：棠棣，木名，也叫郁李，花或红或白，果实像李子而较小，花两三朵为一缀，茎长而花下垂。诗人以常棣的花比兄弟。

21　路：同"辂"，高大的马车。斯：语助词，无实义。这句诗是说：那个高大的车是什么车？

22　君子：指将帅，主帅。

23　戎车：兵车。

24　四牡：驾兵车的四匹雄马。业业：马高大雄壮的样子。

25　三：古汉语中"三"泛指多次。捷：同"接"，交战。三捷：与敌人交战多次。

26　骙（kuí）骙：马强壮的样子。

27　依：乘，指将帅靠立在车上。

28　小人：指士卒。腓（féi）：隐蔽，掩护。小人所腓：士兵以车为掩护。

29　翼翼：步伐整齐的样子。

30　弭（mǐ）：弓末弯曲处，即弓的两端。象弭：两端用象牙镶饰的弓。服："箙"的假借字，装箭的器具。鱼服：鱼皮制成的箭袋。此句诗形容装备精良。

31　日戒：每日警备。

32　棘：同"亟",紧急。孔棘：非常紧急。

33　昔：过去,当初离家应征的时候。往：指当初从军。

34　依依：柳枝随风飘拂貌。

35　思：语助词。

36　雨(yù)：作动词,下,落。霏霏：雪花纷飞的样子,形容雪下得很大。

37　行道：归途。迟迟：步履缓慢的样子。

鱼　丽

鱼丽于罶[1]，鲿鲨[2]。君子有酒，旨且多[3]。
鱼丽于罶，鲂鳢[4]。君子有酒，多且旨。
鱼丽于罶，鰋鲤[5]。君子有酒，旨且有。
物其多矣，维其嘉矣[6]！
物其旨矣，维其偕矣[7]！
物其有矣，维其时矣[8]！

这是写贵族宴饮宾客的诗。诗中夸耀了宴席上的鱼鲜酒美、食物丰盛。诗中提到了鲿、鲨、鲂、鳢、鰋、鲤六种鱼，具体地凸显了主人酒宴的丰盛和礼节的周到。诗人从鱼和酒两方面着笔，并没有写宴会的全部情景，只是突出鱼的品种众多，还有好酒喝，暗示其他菜肴一定也是非常丰盛的，表明了宴席上宾主尽情欢乐的盛况。

1　丽(lí)：通"罹"，遭遇。罶(liǔ)：捕鱼用的竹笼。
2　鲿(cháng)：黄颊鱼。鲨：一种小鱼，身圆而有斑点。
3　旨：味美。
4　鲂(fáng)：鱼名，鳊鱼的古称。鳢(lǐ)：又名黑鱼。
5　鰋(yǎn)：鲇鱼。

6　维:语助词,无实义。

7　偕:合口;或说食物搭配得好。

8　时:适时,指食品应时鲜美。

南有嘉鱼

南有嘉鱼[1]，烝然罩罩[2]。君子有酒，嘉宾式燕以乐[3]。

南有嘉鱼，烝然汕汕[4]。君子有酒，嘉宾式燕以衎[5]。

南有樛木[6]，甘瓠累之[7]。君子有酒，嘉宾式燕绥之[8]。

翩翩者鵻[9]，烝然来思[10]。君子有酒，嘉宾式燕又思[11]。

这是一首写贵族以鱼酒宴请宾客的诗。当时的宴席之上必不可少的就是鱼和酒。诗以嘉鱼起兴，"南有嘉鱼"，是说南方河里出产许多味道鲜美的鱼，用鱼、水象征宾主之间融洽的关系"烝然罩罩"，则是说各个捕鱼笼里的鱼都很多，宛转地表达出主人的深情厚意。捕到的鱼多，宴席自然就十分丰盛，再加上美酒，宾客们吃鱼、喝酒，这一顿饭吃得十分开心，使全诗处于和睦、欢愉的气氛中。

诗的前两章的开首两句用重章叠唱反复咏叹，加强了这一氛围。此诗在句式上的最大特点，不仅是采用了重章叠唱的手法，而且在每章最末一句添了两个虚词，延长了诗句，便于歌者深情缓唱,抒发感情,同时也使诗看起来不呆板,显得余味不绝。

1　南:江汉之间,泛指南方。嘉鱼:美味的鱼。

2　烝(zhēng):众多。罩:捕鱼具。罩罩:不只一个罩;或作鱼群游动的样子。

3　式:语助词。燕:同"宴",请客吃酒。

4　汕汕:捕鱼具,即今之抄网;或曰鱼群游水的样子。

5　衎(kàn):快乐。

6　樛(jīu):弯曲的树。

7　甘瓠(hù):甜葫芦。累:缠绕。

8　绥:安乐。

9　雏(zhuī):鸟名,即斑鸠,也叫鹁鸪,天将雨或初晴时常在树上咕咕地叫。

10　思:语助词,无实义。这句诗是说:鸟飞来了很多啊。

11　又:通"侑",训"劝",指劝酒。

湛　露

湛湛露斯[1]，匪阳不晞[2]。厌厌夜饮[3]，不醉无归。

湛湛露斯，在彼丰草。厌厌夜饮，在宗载考[4]。

湛湛露斯，在彼杞棘[5]。显允君子[6]，莫不令德[7]。

其桐其椅[8]，其实离离[9]。岂弟君子[10]，莫不令仪[11]。

　　这是周天子设夜宴招待诸侯及大臣的诗，乍看平淡无奇，只是写了吃饭喝酒很开心，细品却如橄榄，有百般滋味。简单的吃饭喝酒之中，有着家国一体、上下一心的寄寓。诗中所写的欢宴，是在夜间举行的，与今天一样，欢娱的宴会必至深夜。这时夜色已深，欢笑畅快，酒热难耐。踱步室外，见户外芳草萋萋，建筑物四围遍植杞、棘、梧桐等美木，树上还挂满了果实。现在，一切都笼罩在夜露之中，这意味着明天将是晴好的。宗庙之外，弥漫着祥和的静谧之气；宗庙之内，则杯觥交错，宾主尽欢。好一幅三千年前的行乐图，真是盛世的繁华景象！

1　湛湛：露水清莹又浓厚的样子。斯：语气词，无实义。这句诗是说：浓重又轻盈的露水啊。

2　匪：同"非"。晞：干。

3　厌厌：满足、和悦的样子。这句诗是说：欢畅、痛快的夜饮。

4　宗：宗庙。这句诗是说：在宗庙和百姓设宴成欢。

5　杞：枸杞。棘：酸枣树。两种树都是灌木，身有刺而果实甘酸可食。

6　显：明达；允：诚信。显允：光明磊落而诚信忠厚。

7　莫：没有。令：善美。

8　桐：桐有多种，古多指梧桐。椅：山桐子木，有美丽花纹。

9　离离：犹"累累"，下垂的样子。

10　岂弟：同"恺悌"，和乐平易的样子。

11　仪：仪容，风范。

庭　燎

夜如何其[1]？夜未央[2]，庭燎之光[3]。君子至止[4]，鸾声将将[5]。

夜如何其？夜未艾[6]，庭燎晣晣[7]。君子至止，鸾声哕哕[8]。

夜如何其？夜乡晨[9]，庭燎有辉[10]。君子至止，言观其旂[11]。

———

此为诸侯早朝天子的诗，是一首格调别致的赞美歌，一般认为是赞美勤政的周宣王。诗共三章，第一章写宣王夜半之时不安于寝，仍在操劳，看到外边已有亮光，知已燃起庭燎；第二章与第一章内容基本一样，只是变动了几个形容词，却使人们对黑夜的感觉和宣王的勤政更加深了印象。第三章则是描写了天色将亮之时，宣王站在室外眺望旌旗。

诗歌采用问答形式，一问一答，层次分明；再用庭燎之光，一层层递进展示宣王勤政的风采。此诗中虽未用比兴，也无多形容，但其白描的手法，既捕捉到了最具特点的情景，也细微地反映出诗人的心理活动和当时心情。所以，这纯粹、简单的写景，才在反复吟唱中道出了歌者对宣王与"君子"的赞佩与敬爱。

1　其：语助词，表疑问语气。夜如何其：言夜到什么时分了。

2　央：尽。

3　庭燎：宫廷中用以照明的火炬、大烛。

4　君子：这里指来朝见的诸侯。

5　鸾：也作"銮"，车铃。将（qiāng）将：同"锵锵"，拟声词，铃声。

6　艾：尽。

7　晰（zhé）晰：明亮的样子。

8　哕（huì）哕：拟声词，有节奏的铃声。

9　乡：同"向"。

10　辉：火光暗淡的样子。

11　言：乃。旂（qí）：古代画有龙纹、竿顶有铃的旗，为诸侯的仪仗。

鹤　鸣

　　鹤鸣于九皋[1]，声闻于野。鱼潜在渊，或在于渚[2]。乐彼之园，爰有树檀，其下维萚[3]。它山之石，可以为错[4]。

　　鹤鸣于九皋，声闻于天。鱼在于渚，或潜在渊。乐彼之园，爰有树檀，其下维榖[5]。它山之石，可以攻玉。

　　"他山之石，可以攻玉"这一富有哲理的成语，便出自于此诗。然而，《鹤鸣》一诗的主旨并不意在阐释哲理，而是通过赞颂园林池沼的美丽，来招隐求贤。诗中用了多个比喻，以鹤比隐居的贤人，以鱼在渊、在渚比贤人隐居或出仕，以花园隐喻国家，以檀树比贤人，以枯落的枝叶比小人，以它山之石喻指别国的贤人，通过这一系列比喻，表达了诗人认为只有贤人才能使国家昌盛的政治态度。

　　抛却这深沉诗思，《鹤鸣》堪称优美的田园诗，诗直白写景，景自动人——在广袤的荒野里，诗人听到鹤鸣之声，震动四野，高入云霄；然后看到游鱼一会儿潜入深渊，一会儿又跃上滩头。再向前看，只见一座园林，长着高大的檀树，檀树之下，堆着一层枯枝败叶。园林近旁，又有一座怪石嶙峋的山峰,诗人因而想到这山上的石头,可以取作磨砺玉器的工具。寥寥几笔,即构成一幅万物生长、生机勃勃的悠远空灵的田园美景!

1　皋(gāo):沼泽。九:虚数,言沼泽之多。九皋:曲折深远的沼泽。

2　渚(zhǔ):水中的小块陆地。

3　萚(tuò):酸枣一类的灌木;一说"萚"乃枯落的枝叶。

4　错:砺石,可以打磨玉器。

5　榖(gǔ):树木名,即楮树,其树皮可作造纸原料。

斯　干

秩秩斯干[1]，幽幽南山[2]。如竹苞矣[3]，如松茂矣。兄及弟矣，式相好矣[4]，无相犹矣[5]。

似续妣祖[6]，筑室百堵[7]，西南其户[8]。爰居爰处[9]，爰笑爰语。

约之阁阁[10]，椓之橐橐[11]。风雨攸除[12]，鸟鼠攸去，君子攸芋[13]。

如跂斯翼[14]，如矢斯棘[15]。如鸟斯革[16]，如翚斯飞[17]，君子攸跻[18]。

殖殖其庭[19]，有觉其楹[20]。哙哙其正[21]，哕哕其冥[22]，君子攸宁。

下莞上簟[23]，乃安斯寝[24]。乃寝乃兴[25]，乃占我梦[26]。吉梦维何？维熊维罴[27]，维虺维蛇[28]。

大人占之[29]：维熊维罴，男子之祥[30]；维虺维蛇，女子之祥。

乃生男子[31]，载寝之床[32]。载衣之裳[33]，载弄之璋[34]。其泣喤喤[35]，朱芾斯皇[36]，室家君王[37]。

乃生女子，载寝之地。载衣之裼[38]，载弄之瓦[39]。无非无仪[40]，唯酒食是议[41]，无父母诒罹[42]。

这是在贵族建造宫殿落成典礼上所唱的祝辞，表达了祈求子孙后代永远繁衍生息的美好愿望：继承祖业传祖训，盖起宫殿上百间如果生个小男孩儿，就让他睡在小榻床上，给他穿上小衣裳，拿块玉璋让他当玩具。他的哭声如钟响，将来一定有出息，穿上颜色鲜艳的大礼服，肯定成家立业，成为诸侯、成为君王；如果生下个小姑娘，就让她躺在地板上，给她裹一条小被儿，给她陶制的纺轮当玩具。教她说话要谨慎，操持家务多干活，将来既能好好侍候夫家，又不给爹娘添麻烦，被赞许为从不惹是非的贤妻良母。

这首诗清晰地告诉我们，在古代社会中，"弄璋"和"弄瓦"作为生男生女的标志，其中既寓含着男女社会地位和劳动分工的界限，也是男尊女卑在民俗礼仪中的标识。在人之初生的各种礼仪中，总是把一切美好的愿望寄托在男孩身上，希望他将来能够成家立业、高官厚禄、光耀门庭。因为《诗经》贵为经典，历代传诵，"弄璋""弄瓦"也就成了生男、生女的象征性标志，甚至变成了古代汉语中的常用语词。

1　秩秩：涧水清清流淌的样子；一说是水边草木的样子。斯：
这。干：岸，水边。

2　幽幽：深远的样子。南山：指西周镐京南边的终南山。

3　苞：竹木稠密丛生的样子。这句诗是说：有丛生稠密的
竹林。

4　式：语助词，无实义。好：友好和睦。这句诗是说：要相互
和睦友爱。

5　犹：欺诈。

6　似：同"嗣"，嗣续，犹言"继承"。妣：本指已故的母亲，此
泛指女性先祖。祖：指男性先祖。妣祖：在此统指祖先。

7　堵：一面墙为一堵，一堵面积方丈。百堵：一百方丈，指宫
室宽广；一说形容建筑的宫室众多。

8　户：门，在这里活用作动词，开户。

9　爰：于是，在此。

10　约：用绳索捆扎。阁阁：拟声词，捆扎筑板发出的声音；
一说将筑板捆扎牢固的样子。

11　椓（zhuó）：用杵捣土，犹今之夯土筑墙。橐（tuó）橐：捣
土的声音。

12　攸：乃，是。除：消除，除去。

13　芋："宇"之假借，居住。

14　跂（qǐ）：踮起脚跟站立。翼：端庄肃敬的样子。

15 棘:借作"翮(hè)",此指箭羽翎;一说为"棱角"。这句诗是说:宫室四边像箭头一样棱角分明。

16 革:翅膀,在这里活用作动词,意为挥动翅膀。

17 翚(huī):野鸡。

18 跻(jī):登。

19 殖殖:平正的样子。庭:庭院。

20 有:语助词,无实义。觉:高大而直立的样子。楹:殿堂前大厦下的柱子。

21 哙(kuài)哙:同"快快",宽敞明亮的样子。正:向阳的房子,即正房。

22 哕(huì)哕:明亮宽敞的样子。冥:厅后光线较暗的地方,指正房之外的地方。

23 莞(guān):蒲草,可用来编席,这里指蒲席。簟(diàn):竹席。

24 寝:睡觉。

25 兴:起床。

26 我:指殿寝的主人,此为诗人代主人的自称。

27 罴(pí):熊的一种,比熊大。

28 虺(huǐ):一种毒蛇,颈细头大,身有花纹。

29 大人:即太卜,周代掌占卜的官员。

30 祥:吉祥的征兆。古人认为熊罴是阳物,故为生男之兆;

虺蛇为阴物,故为生女之兆。

31　乃:如果;一说于是。

32　载:则,就。

33　衣:穿衣。裳:下裙,此指衣服。

34　璋:一种玉器,形如半圭。

35　喤(huáng)喤:形容婴儿的哭声宏亮。

36　朱芾(fú):用熟治的兽皮所做的红色蔽膝,为诸侯、天子所服。

37　室、家、君、王:四个字均作动词用,指成家立室,为君为王。

38　裼(tì):婴儿用的褓衣。

39　瓦:陶制的纺轮。

40　非:违背。仪:读作"俄",邪僻。这句诗是说:她将来出嫁后不违背公婆和丈夫,品行贤淑无过失。

41　唯:只是。议:商量。古人认为女人主内,只负责办理酒食之类的家务。

42　诒(yí):同"贻",给与。罹(lí):忧愁。这句诗是说:不给父母带来忧愁。

都人士

彼都人士[1]，狐裘黄黄[2]。其容不改，出言有章[3]。行归于周，万民所望[4]。

彼都人士，台笠缁撮[5]。彼君子女，绸直如发[6]。我不见兮，我心不说[7]。

彼都人士，充耳琇实[8]。彼君子女，谓之尹吉[9]。我不见兮，我心苑结[10]。

彼都人士，垂带而厉[11]。彼君子女，卷发如虿[12]。我不见兮，言从之迈[13]。

匪伊垂之，带则有馀。匪伊卷之，发则有旟[14]。我不见兮，云何盱矣[15]。

———

　　一般认为此诗是周平王东迁后，周人追念昔日繁盛之作。诗的全篇皆渲染昔日都城男女的仪容之美：他们穿着毛色光亮的狐皮大衣，戴着系黑丝带的斗笠或黑色布冠，帽子上装饰的美玉在阳光下散发着温润的光泽。他们还"垂带而厉"，衣服是洒落的宽袍大袖，长长的腰带在风中飘动起来，真是如仙如画！更绝的是，诗中还写到了当时城市的流行发型："绸直如发""卷发如虿"。无论是直发还是卷发，都风情无限。

　　诗中那些尹氏、吉氏女孩的各种造型，都美到了极处，发型、服饰、佩件无不精巧绝伦。"行归于周，万民所望"，那城市中人风度潇洒，如此可观可赏，他们生活的宗周令人心向往之。

然而，这一切的繁华都"我不见兮"。国家昔日的繁盛、国都中人曾经的风采，都如流水、落花，一去不复返了。一句"彼都人士"，浸透了物换星移之叹，一下把对宗周的向往表露无遗。写这诗的人，可见是生活在东周的。周人失去了镐京，以惋惜之情所刻画的城市就更加美好了。

1　都：京都，指镐京；或以为"都"为"美"，"都人"，即"美人"。

2　黄黄：犹"煌煌"，形容发亮的黄色狐裘。

3　章：礼法，规范。这两句诗是说：他们的容貌和举止不改常态，说出话来文质彬彬。

4　万民所望：众人爱慕仰望。

5　缁撮(cuō)：即黑布制的小帽；或云为系帽子的带子。

6　绸直：浓密直长。绸直如发："发如绸直"之倒文。

7　说(yuè)：同"悦"。

8　琇(xiù)：一种宝石。

9　尹、吉：当时的两个大姓。这句诗是说：称她们尹氏和吉氏。

10　苑：郁结，指心中郁闷、抑郁。

11　厉：通"裂"，即系腰的丝带剩余的部分。

12　虿(chài)：蝎类毒虫，尾有刺，曲而上翘，用以形容卷发之美。

13　迈：行。

14　旟(yú)：上扬、上翘的样子。

15　盱(xū)：忧伤。

苕之华

苕之华[1]，芸其黄矣[2]。心之忧矣，维其伤矣！

苕之华，其叶青青。知我如此，不如无生！

牂羊坟首[3]，三星在罶[4]。人可以食，鲜可以饱[5]？

这是描写饥荒年头人们绝望心情的诗。开篇先以蓬勃生长的凌霄花起兴，以凌霄花的枝叶青翠、花朵灿黄来与人世的惨痛生活形成对比；再以羊和鱼两种动物为喻，通过对其寥落境况的描写，引起诗人对生存环境的惨烈之悲。诗人痛心身处灾荒年，人们在饥饿中挣扎，九死一生，难有活路。为此，他心里忧伤不已，竟至于觉得最大的遗憾就是降生到这个世界上来。

1　苕（tiáo）：植物名，即凌霄花，藤本植物，蔓生，花盛开为黄色。

2　芸其黄：形容凌霄花的花朵灿黄的样子；一说是草木枯黄的样子。

3　牂（zāng）羊：母羊。坟：大。牂羊坟首：母羊大头，指瘦瘠，比喻人的穷困。

4　罶(liǔ),捕鱼的竹篓子,鱼能进去,不能出来。三星在罶:
三星映在罶中,指笼中无鱼。

5　鲜:少。

何草不黄

何草不黄¹？何日不行²？何人不将³？经营四方⁴。

何草不玄⁵？何人不矜⁶？哀我征夫，独为匪民？

匪兕匪虎⁷，率彼旷野⁸。哀我征夫，朝夕不暇。

有芃者狐⁹，率彼幽草。有栈之车¹⁰，行彼周道¹¹。

这是一首描写征夫怨恨的诗。诗以草的枯黄和萎死起兴，言说生活的艰辛和悲苦，自有一种悲不胜悲的凄凉。草本是世上微小卑贱之物，以此来喻指人的卑微，不禁让人生出命贱如草的感慨和任人践踏的感伤。又加上一个"何"和一个"不"字，更有无法逃避和摆脱的无奈之感。接着，诗将犀牛、老虎与征夫对比而谈，旷冷的郊野连异常凶猛的猛兽都不再出没，而征夫却还要日夜操劳，独自行走在这茫茫旷野之中，不得休息。诗人以征夫的口吻，一句句凄凄惨惨道来，别有一分无奈中的苦楚。

1　黄：枯黄。这句诗是说：什么草不枯黄？

2　行：奔走，出行。此指行军、出征。

3　将：出征。

4　经营：劳碌奔波。这句诗是说：走遍了四面八方。

5　玄：黑色，指草枯烂发黑腐烂。

6　矜（guān）：通"鳏"，无妻者。征夫离家，等于无妻。

7　兕（sì）：头长独角、色青的野牛；一说指犀牛。

8　率：循，沿着。这句诗是说：整天循着狂野奔走。

9　芃（péng）：兽毛蓬松。这句诗是说：有个拖着蓬松长尾巴的狐狸。

10　栈：役车高高的样子。

11　周道：大道。

大　雅

灵　台

经始灵台[1]，经之营之。庶民攻之[2]，不日成之。经始勿亟[3]，庶民子来[4]。

王在灵囿[5]，麀鹿攸伏[6]。麀鹿濯濯[7]，白鸟翯翯[8]。王在灵沼[9]，於牣鱼跃[10]。

虡业维枞[11]，贲鼓维镛[12]。於论鼓钟[13]，於乐辟雍[14]。

於论鼓钟，於乐辟雍。鼍鼓逢逢[15]，矇瞍奏公[16]。

这是记述周文王建成灵台及游赏奏乐的诗。颂歌唱出了周文王爱民如子，深得百姓拥护的情形。寓赞颂于具体事实的描绘，是《灵台》这首赞美诗最大的艺术特点。周文王修建灵台、池沼并非本意，而是为迷惑商纣王。当商纣王听说文王修建灵台、池沼、沉迷酒色后，才对文王放心，从而才委以专事征伐的重任。而当老百姓听说周文王要修建灵台、池沼，不用号召不用征役，都争先恐后地来参加修建。所以这个灵台很快便完工了。

　　灵台完工后，文王没有将之据为己有，而是与老百姓一起在灵台游玩，与民同乐。这首诗没有直接、正面赞美周文王，但通过老百姓自告奋勇来参与修建，暗示了文王爱民如子，表达了百姓们对明君的崇敬与爱戴。

1　经始：开始计划营建。灵台：古台名，故址在今陕西西安西北，相传周文王时所造。

2　攻：建造。

3　亟（jí）：同"急"，急迫。

4　子来：像儿子似的一起赶来。

5　灵囿：古代帝王畜养禽兽的园林。

6　麀（yōu）鹿：母鹿。

7　濯（zhuó）濯：肥壮美好的样子。

8　翯（hè）翯：洁白肥润的样子。

9　灵沼：池沼名。

10　於（wū）：叹美声。牣（rèn）：满。这句诗是说：满池的鱼欢游又跳跃。

11　虡（jù）：悬挂钟磬的木架。业：装在虡上的横板。枞（cōng）：又称"崇牙"，即虡上的载钉，用以悬钟。

12　贲（fén）鼓：大鼓。镛（yōng）：大钟。

13　论：同"伦"，节奏，次序。

14　辟（bì）雍（yōng）：离宫名，与作学校解的"辟雍"不同，见戴震《毛郑诗考证》。

15　鼍（tuó）：即扬子鳄，一种爬行动物，其皮制鼓甚佳。逢（péng）逢：拟声词，鼓声。

16　矇瞍：古代对盲人的称呼，有眼睛而不能视物为矇，眼睛瞎没有眼珠为瞍。当时乐官乐工，大都由盲人担任。公：读为"颂"，歌；一说或通"功"，奏功，成功。

生　民

　　厥初生民[1]，时维姜嫄[2]。生民如何？克
禋克祀[3]，以弗无子[4]。履帝武敏歆[5]，攸介攸
止[6]。载震载夙[7]，载生载育，时维后稷。

　　诞弥厥月[8]，先生如达[9]。不坼不副[10]，无
菑无害[11]。以赫厥灵，上帝不宁[12]。不康禋
祀[13]，居然生子。

　　诞寘之隘巷[14]，牛羊腓字之[15]。诞寘之平
林[16]，会伐平林[17]。诞寘之寒冰，鸟覆翼之[18]。
鸟乃去矣，后稷呱矣[19]。实覃实訏[20]，厥声载
路[21]。

　　诞实匍匐[22]，克岐克嶷[23]，以就口食[24]。蓺
之荏菽[25]，荏菽旆旆[26]。禾役穟穟[27]，麻麦幪
幪[28]，瓜瓞唪唪[29]。

　　诞后稷之穑[30]，有相之道[31]。茀厥丰草[32]，
种之黄茂[33]。实方实苞[34]，实种实褎[35]。实发实
秀[36]，实坚实好[37]。实颖实栗[38]，即有邰家室[39]。

　　诞降嘉种[40]，维秬维秠[41]，维穈维芑[42]。
恒之秬秠[43]，是获是亩[44]。恒之穈芑，是任是

负[45]，以归肇祀[46]。

诞我祀如何？或舂或揄[47]，或簸或蹂[48]。释之叟叟[49]，烝之浮浮[50]。载谋载惟[51]，取萧祭脂[52]。取羝以軷[53]，载燔载烈[54]，以兴嗣岁[55]。

卬盛于豆[56]，于豆于登[57]，其香始升。上帝居歆[58]，胡臭亶时[59]。后稷肇祀[60]，庶无罪悔，以迄于今。

————

这是一首追述周人始祖后稷事迹的史诗。诗中所描写的后稷，名弃，他对周民族的巨大贡献和具有开创意义的历史功绩，在于他发明了种植庄稼，并发展了农业生产。也正因如此，他不但被后人尊为祖先神，而且也被称为农神或谷神。

这首诗以后稷诞生传说开始，以农耕生活及农耕礼仪的写实性描写终篇，所叙述的是有关周民族之所由来，以及后稷如何创业振兴的故事。因其记录了周民族的早期历史，一直被看作是周民族的史诗。司马迁在写《史记》的《周本纪》时，就曾从《生民》一诗中取材，并翻译成汉代的通行语，写到了《史记》中。

这首浸透着神话传说的史诗所记载的姜嫄履帝迹怀孕、无夫生子的奇迹，隐含着母系氏族社会知其母不知其父的史实。据《史记·周本纪》记载，周人从后稷以后，世世以男系相传。我们从这里可以看出：因为农业的发展，使得男性地位有了提高。周人在原始社会时期，在后稷以前是母系氏族社会，从后稷起进入父系氏族社会。这也是人类社会迈向文明与进步的信息。

1　厥初：其初。民：人。

2　时：是。姜嫄（yuán）：传说中有邰氏之女，周氏族始祖后稷之母。后稷：周氏族的始祖，名弃，曾在尧时做农官，教百姓耕种。

3　克：能够。禋（yīn）：祭天的一种礼仪，先烧柴升烟，再加牲体及玉帛于柴上焚烧。

4　弗：通"祓"，除灾求福的祭祀。

5　履：践踏。帝：上帝。武：足迹。敏：通"拇"，大拇趾。歆：心有所感的样子。

6　攸：语助词。介：神保佑。止：通"祉"，神降福。

7　震：同"娠"，怀孕。夙：生活有规律，严肃律己。

8　诞：迨，到了。弥：满。指姜嫄怀胎十月期满。

9　先生：头生，第一胎。如：而。达：顺利。

10　坼（chè）：裂开。副：破裂。

11　菑（zāi）：古"灾"字。这里指生虽有异，但没有什么灾难伤及父母。

12　不:丕。不宁:大宁,即安宁。

13　不康:大康,即安康。

14　寘(zhì):弃置。隘:狭。

15　腓(féi):通"庇",庇护。字:爱抚,哺育。

16　平林:平原上的林木。

17　会:恰逢。

18　鸟覆翼之:大鸟张翼覆盖他。

19　呱(gū):婴儿哭声。

20　实:是。覃(tán):长。訏(xū):大。这句诗是说:后稷的哭声又响亮又长。

21　厥声:他的啼哭声。载:充满。载路:满路。

22　匍匐:手足并用,谓伏地爬行。

23　岐、嶷(nì):都指幼年聪慧,能识别事物。

24　就:趋往。口食:吃食。

25　蓺(yì):同"艺",种植。荏(rěn)菽(shū):大豆。

26　斾(pèi)斾:本义形容旌旗飘扬的样子,此指草术茂盛。

27　禾役:禾穗。役:通"颖",即禾穗。穟(suì)穟:禾穗丰实下垂的样子。

28　幪(měng)幪:茂密的样子。

29　瓞(dié):小瓜。唪(běng)唪:果实累累的样子。

30　穑:本义指收获庄稼,这里是种植五谷。

31　相：帮助。有相之道：懂得帮助五谷成长之道。

32　茀（fú）：通"拂"，拔除。

33　黄茂：良谷嘉种，指黍、稷。

34　实：是。方：生得整齐。苞：禾苗长得丰茂。

35　种：禾芽始出。襃（yòu）：禾苗渐渐长高。

36　发：发茎。秀：禾初生穗。

37　坚：谷粒灌浆饱满。

38　颖：禾穗末梢下垂。栗：形容收获众多的样子。

39　邰：地名，尧封后稷于此地，在今陕西武功县西南。

40　降：赐予。指上帝降下好谷种，赐予后稷。

41　秬（jù）：黑黍。秠（pī）：黍的一种，一个黍壳中含有两粒黍米。

42　穈（mén）：谷之一种，一名赤粱粟。芑（qǐ）：谷之一种，一名白粱粟。

43　恒：通"亘"，言遍地播种。

44　亩：堆在田里。

45　任：肩挑。负：背负。

46　肇：开始。祀：祭祀。

47　揄：舀取，从臼中取出舂好之米。

48　簸：用簸箕扬米去糠皮。蹂（róu）：通"揉"，以手搓余剩的谷皮。

49 释:淘米。叟叟:拟声词,淘米的声音。

50 烝:同"蒸"。浮浮:热气上升的样子。

51 谋:商量,筹划。惟:考虑。

52 萧:香蒿。脂:牛油。

53 羝(dī):公羊。軷(bá):祭祀的名称,用于祭道路之神。

54 燔(fán):将肉放在火里烧炙。烈:将肉贯穿起来架在火
上烤。

55 兴:兴旺。嗣岁:来年。

56 卬:古"仰"字,举也。豆:古代一种高脚容器。

57 登:瓦制容器。

58 居:安。歆:享受祭祀。

59 臭:香气。亶(dǎn):诚然,确实。时:善,好。胡臭亶时:
为什么香气诚然如此好。

60 肇:开始。

周　颂

般[1]

於皇时周[2]，陟其高山[3]。嶞山乔岳[4]，允犹
翕河[5]。敷天之下[6]，裒时之对[7]，时周之命[8]。

——

这是周王巡狩祭祀山川的乐歌。《周颂》的语言以精简
为尚，这首《般》就是典型。诗的语言虽然非常简练，却气象
万千。诗中用了"高""乔""敷""裒"等表示空间和容量之
大的词汇，来形容山峰河流，描绘周王朝的版图之大，具有一
种雄浑的气魄。诗中声称普天之下的疆土都归周室所有，是
针对叛乱不服者而发的，体现了圣王天下一统的恢宏气势。

——

1　般：乐。写周成王的快乐，故称《般》。

2　於(wū)：叹词。皇：伟大。时：是，此。这句诗是说：啊，
美哉这周邦！

3　陟(zhì)：登上。

4　嶞(duò)山：小山；或以为连绵逶迤的样子。乔岳：高大
的山。

5　允：通"沇"，沇水为古济水的上游。犹：通"沈"，沈水在雍

州境内。翕(hé):通"洽";洽水又作郃水,流经陕西郃阳东
注于黄河。河:黄河。

6　敷:通"普"。

7　裒(póu):聚集。时:世。对:配,配祭。这句诗是说:诸
侯聚集此地颂扬周王的美德。

8　时:是。周之命:周朝的命令。这句诗是说:诸侯都承受
周的命令。

鲁　颂

閟　宫

閟宫有侐[1]，实实枚枚[2]。赫赫姜嫄[3]，其德不回[4]。上帝是依[5]，无灾无害。弥月不迟[6]，是生后稷[7]。降之百福。黍稷重穋[8]，稙稺菽麦[9]。奄有下国[10]，俾民稼穑[11]。有稷有黍，有稻有秬[12]。奄有下土，缵禹之绪[13]。

后稷之孙，实维大王[14]。居岐之阳[15]，实始翦商[16]。至于文武[17]，缵大王之绪。致天之届[18]，于牧之野[19]。无贰无虞[20]，上帝临女[21]。敦商之旅[22]，克咸厥功[23]。王曰叔父[24]，建尔元子[25]，俾侯于鲁。大启尔宇[26]，为周室辅。

乃命鲁公，俾侯于东。锡之山川[27]，土田附庸[28]。周公之孙，庄公之子[29]。龙旂承祀[30]，六辔耳耳[31]。春秋匪解[32]，享祀不忒[33]。皇皇后帝，皇祖后稷。享以骍牺[34]，是飨是宜[35]。降福孔多，周公皇祖[36]，亦其福女。

秋而载尝[37]，夏而楅衡[38]。白牡骍刚[39]，牺尊将将。毛炰胾羹[40]，笾豆大房[41]。万舞洋洋[42]，孝孙有庆。俾尔炽而昌，俾尔寿而臧[43]。保彼东方，鲁邦是常[44]。不亏不崩，不震不腾。三寿作朋[45]，如冈如陵。

公车千乘，朱英绿縢[46]，二矛重弓[47]。公徒三万[48]，贝胄朱綅[49]，烝徒增增[50]。戎狄是膺[51]，荆舒是惩[52]，则莫我敢承[53]！

俾尔昌而炽，俾尔寿而富。黄发台背[54]，寿胥与试[55]。俾尔昌而大，俾尔耆而艾[56]。万有千岁[57]，眉寿无有害[58]。

泰山岩岩[59]，鲁邦所詹[60]。奄有龟蒙[61]，遂荒大东[62]。至于海邦，淮夷来同[63]。莫不率从，鲁侯之功。

保有凫绎[64]，遂荒徐宅[65]。至于海邦[66]，淮夷蛮貊[67]。及彼南夷[68]，莫不率从[69]。莫敢不诺[70]，鲁侯是若[71]。

天锡公纯嘏[72]，眉寿保鲁。居常与许[73]，复周公之宇。鲁侯燕喜[74]，令妻寿母[75]。宜大夫庶士[76]，邦国是有。既多受祉[77]，黄发儿齿[78]。

徂来之松⁷⁹，新甫之柏⁸⁰。是断是度⁸¹，是寻是尺⁸²。松桷有舄⁸³，路寝孔硕⁸⁴，新庙奕奕⁸⁵。奚斯所作⁸⁶，孔曼且硕⁸⁷，万民是若⁸⁸。

《鲁颂》四篇是反映鲁僖公君臣活动的历史文献，保留了春秋时期鲁僖公的重要史料。由于其时代较晚，在创作上受到了雅诗的影响，文学技巧上较之《周颂》有了很大的进步。但由于此时社会已不能和西周礼乐的繁荣景象相比，诗中所描述的内容，歌功颂德，有庙堂文学的倾向。《闷宫》全诗共九章，一百二十句，是《诗经》中最长的一篇。诗歌从赞美鲁国远祖"赫赫姜嫄"、后稷、大王、文王、武王、周公的功德业绩写起，极尽铺张扬厉之能事。诗中详细叙述了鲁僖公出兵淮夷、恢复疆土、修建宫室等功业。

全诗以用兵、祭祀二事作为重点描绘，特别突出其"至于海邦，淮夷蛮貊。及彼南夷，莫不率从"的兵伐淮夷之功，并在胜利后依古礼将其战功告祭祖庙，认为鲁国的种种成功，都是来自那些受祭先祖在天之灵的庇佑。与《国风》《小雅》相比，《鲁颂》的文字相对板滞，却充分展现了春秋时人对西周礼乐文明的向往。

1　闷(bì) 宫：神宫，这里指周人的女始祖姜嫄的庙。或以为

即媒宫。闷者闭也,因这里不让人随便进入,故称闷宫。伹
(xù):清静的样子。

2　实实:广大的样子。枚枚:指建筑雕琢精细。

3　姜嫄:周始祖后稷之母。

4　回:邪,不正。不回,指姜嫄的品德端正。

5　依:眷顾,凭依,指姜嫄履上帝足迹生子之事。

6　弥月:满月,指怀胎十月。

7　后稷:周民族的始祖,名弃,曾在尧时做农官,教百姓耕种。

8　黍稷重穋:四种谷物名,见《七月》注。

9　稙(zhí)稺(zhì):两种谷物,早种者曰"稙",晚种者曰
"稺"。菽:豆类作物。

10　奄:包括。奄有:全有。此句诗意思为后稷培育庄稼的种
植技术遍布天下(他的恩惠也就普施天下,预示周部族必然拥
有天下)。

11　俾(bǐ):使。稼:耕种。穑:收获。

12　秬(jù):黑黍,一壳二粒。

13　缵(zuǎn):继承。绪:事业。

14　大王:即太王,周之远祖古公亶父,周文王的祖父。

15　岐:山名,在今陕西。阳:山之南。太王建周城,在岐山之
南,故曰"居岐之阳"。

16　翦:削灭,剪除。

17　文武:指周文王、周武王。

18　致:奉行。届:通"殛",诛讨。这句诗是说:奉行天意诛伐殷纣。

19　牧之野:即牧野,地名,殷都之郊,在今河南淇县西南。

20　贰:二心。虞:思虑。

21　临:监临,视察,保佑。这两句诗是周武王在牧野誓师时对将士的训话。意思是:你们不要三心二意,也不要担心战争失败,上帝在保佑着你们。

22　敦:治服,此指击败。旅:军队。

23　咸:成,备。

24　王:指周成王,武王之子。叔父:指周公旦,周公为武王之弟,成王叔父。

25　元子:长子,指周公旦的长子伯禽。

26　启:开辟。宇:居,这里指疆域、领土。

27　锡:同"赐",赐给。

28　附庸:指诸侯国的附属小国。

29　周公之孙、庄公之子:均指鲁僖公。

30　龙旂:画有蛟龙的旗子,为古代诸侯用旗。承祀:主持祭祀。

31　辔：御马的嚼子和缰绳。古代四马驾车,辕内两服马共两条缰绳,辕外两骖马各两条缰绳,故曰六辔。耳耳：美盛的样子。

32　解：通"懈",懈怠,指春秋大祭不敢松懈。

33　享：祭献。忒：差错。

34　骍(xīng)：赤色。牺：古代祭祀时用的纯色牲。

35　宜：肴,这里指享用祭品。

36　皇祖：泛指远祖。周公皇祖：即皇祖周公,此倒句协韵。

37　尝：古代秋季祭祀之名。

38　楅(bì)衡(hēng)：防止牛抵触用的横木。古代祭祀用牲牛必须是没有任何损伤的,秋祭用的牲牛选择妥当以后,即在两角上缚以楅衡,防止损伤牛角,将其精心护养起来。

39　白牡：白色公牛。刚：通"犅",公牛。骍刚：赤色公牛。牺尊：酒尊的一种,形似牺牛,凿背以容酒,故名。将(qiāng)将：音义并同"锵锵",金属器相碰发出的声响。

40　毛炰(páo)：带毛涂泥燔烧,这里指烧熟的小猪。胾(zì)：切成块的肉。羹：不加调料的肉汤。胾羹：肉片汤。

41　笾(biān)：竹制的献祭容器。豆：木制的献祭容器。大房：大的盛肉容器,亦名夏屋。

42　万舞：舞名,常用于祭祀活动。洋洋：形容舞者众多、场面盛大的样子。

43　臧：善，好。

44　常：恒定不变，指永远遵守；一说读为"尚"，即崇尚。

45　三寿：金文又作"参寿"，"参"即参星的本字。参寿，当是参星之寿。三寿作朋：古代常用的祝寿语。上寿一百二十岁，中寿一百岁，下寿八十岁。朋：并。这句诗是说：愿你与天地同寿。

46　朱英：矛上用以装饰的红缨。縢（téng）：绳，指弓袋上扎的绿绳装饰。绿縢：将两张弓捆扎在一起的绿绳。

47　二矛：古代每辆兵车上有两支矛，一长一短，用于不同距离的交锋。重（chóng）弓：古代每辆兵车上有两张弓，一张常用，一张备用。

48　徒：步兵。公徒：鲁公的步兵。

49　贝：贝壳，用于装饰头盔。胄：头盔。綅（qīn）：线，用于编缀固定贝壳。

50　烝：众。增增：同"层层"，众多貌。

51　戎、狄：指西方和北方在周王室控制以外的两个民族。膺：打击，征战。

52　荆：楚国的别名。舒：国名，楚国的属国，在今安徽庐江。

53　承：抵抗，抵挡。

54　黄发：人老则白发变黄，故曰黄发。台：同"鲐"，鲐鱼背有黑纹，老人背有老人斑，如鲐鱼之纹。黄发台背：指高寿的老人。

55　胥:相。寿胥与试:高龄长寿相与比并。

56　耇:古代七十岁以上的老人称耇。艾:老,这里均指长寿。

57　有:通"又"。

58　眉寿:指高寿。

59　岩岩:山势高峻的样子。

60　詹:同"瞻",瞻仰,仰望。

61　龟、蒙:二山名,均在鲁国境内。

62　荒:有,据有。大东:极东,指鲁国最东的地方。

63　淮夷:古时居于淮水流域不受周王室控制的民族。同:会盟。

64　凫、绎:二山名,均在鲁国境内。凫山在今山东邹城市西南,绎山在今邹城市东南。

65　徐:国名。宅:居处。

66　海邦:邻海之国。

67　蛮貊(mò):泛指东部和南部一些周王室控制外的少数民族。

68　南夷:泛指南方一些周王室控制外的少数民族。

69　率从:相率而顺从。

70　诺:应诺,这里有听从的意思。

71　若:顺从。

72　公:鲁公。纯:大。嘏(gǔ):福。

73　常、许:鲁国两个城邑名,常在今山东薛城南,微山湖北;许即许田,在今河南许昌东。

74　燕:通"宴",宴饮。

75　令:善。令妻:贤妻。

76　宜:适宜。

77　祉:福。这句诗是说:已经受到了很多福祉。

78　儿齿:高寿的象征。老人牙落后又生新牙,谓之儿齿。

79　徂来:也作徂徕,鲁国境内山名,在今山东泰安东南。

80　新甫:鲁国境内山名,又名宫山、小泰山,在今山东新泰西北。

81　度(duó):通"剫",锯开,砍开。

82　寻:古代八尺为一寻。寻、尺:皆度量单位,这里作动词用。

83　桷(jué):方形的屋椽。舄(xì):粗大的样子。

84　路寝:指庙堂后面的寝殿。孔:很。

85　新庙:指閟宫。奕奕:高大美好的样子;一说相连貌。

86　奚斯:人名,鲁国大夫。

87　曼:长。硕:大,古以大为美,故也有美的意思。

88　若:顺应,言此顺万民之意。

商 颂

玄 鸟

天命玄鸟[1]，降而生商[2]。宅殷土芒芒[3]。古帝命武汤[4]，正域彼四方[5]。方命厥后[6]，奄有九有[7]。商之先后[8]，受命不殆，在武丁孙子[9]。武丁孙子，武王靡不胜。龙旂十乘[10]，大糦是承[11]。邦畿千里[12]，维民所止，肇域彼四海[13]。四海来假[14]，来假祁祁[15]。景员维河[16]，殷受命咸宜，百禄是何[17]。

———《玄鸟》是宋国祭祀并歌颂其祖先的乐歌。诗以简练的笔墨，勾画殷商史事，其追叙民族历史的部分与《大雅·生民》相类似，带有神话传说及史诗性质，所以历来的史家都把这首诗当作史料来看。

从诗歌创作的角度看，此诗成功地应用了对比、顶针、叠字等修辞手法，结构严谨，脉络清晰，在艺术创作上成就极高。

诗先写商民族神圣祖先的诞生和伟大的商汤立国，目的是衬托武丁中兴的大业，以先王的不朽功业，与武丁的中兴事业相比，更显出武丁中兴事业之盛美。诗中"武丁孙子"，重复一遍形成转折,这是颂歌转折的关键,把中心转到了"武丁"身上,表明了武丁是伟大的商汤后裔。最后几句中,"四海来假,来假祁祁",顶针与叠字修辞并用,补充说明四方朝觐者之众多,也有曲终奏雅的烘托。

1　玄鸟:燕子。

2　降:降下。生商:《列女传》记载:传说商族祖先"契母简狄,有娀氏之长女也。当尧之时,与其妹浴于玄丘之水,有玄鸟衔卵过而附之,五色甚好,简狄得而含之,误而吞之,遂生契焉"。

3　宅:居住。芒芒:广大的样子。

4　古帝:上帝。武汤:即商朝的开国君主成汤,汤号曰武。

5　正:通"征",征服。域:疆域。这句诗是说:征服四方的疆域。

6　方:通"旁",广也。后:君主,此指各部落的酋长首领。这句诗是说:广泛命令四方的诸侯。

7　奄:全部。九有:九州。

8　先后:指先君、先王。

9　武丁:商汤的九世孙,商朝后期卓有功绩的国王。孙子:指后代。

10　旂(qí):古时一种旗帜,上画龙形,竿头系铜铃。乘

(shèng)：四马一车为乘。

11　糦（chì）：同"饎"，酒食，用于祭祀。承：供奉。

12　邦畿（jī）：古代直属天子管理的地方，这里指疆界。

13　肇：开始；一说通"兆"，兆域，即疆域。这句诗是说：开始以四海为疆域。

14　假：通"格"，来到，指四方诸侯都来朝见。

15　祁祁：纷杂众多的样子。

16　景：景山，在今河南商丘，古称亳，为商之都城所在。员：运。东西为广，南北为运。这句诗是说：殷国四境都是大河。

17　何（hè）：通"荷"，承担，承受。